小さい葛籠

——歌・ことば・風景

日高堯子

本阿弥書店

小さい葛籠　目次

I

馬場あき子

II

前　登志夫

III

歌の葛籠

Ⅳ

折々の歌

装幀　小川邦恵

小さい葛籠——歌・ことば・風景

日高堯子

Ⅰ　馬場あき子

馬場あき子――〈道行〉を起点として

1．〈道行〉のレトリック

わたしが馬場あき子という歌人を知ったのは――これまでもいくどか書いてきたことだが――一九七五（昭和五十）年九月号の「短歌」誌上に発表された「空への挽歌」が最初であった。そしてそれは、わたしが現代短歌というものに触れた初めての体験でもあった。「空への挽歌」は一九七七年に刊行された第五歌集『桜花伝承』に収められている。

短歌を読みなれていない者にとって、韻律をもつその定型文体が、すんなり身体に入ってくるようになるには多少時間がかかる。とくに現代短歌の高度な表現は、当時のわたしにとってなかなか難解でもあった。そんな中で馬場あき子の「空への挽歌」が、かなり複雑な表現技法にもかかわらず、わたしの胸に沁み入ったのはなぜだったのだろうか。その理由は曖昧なままではあったが、しかし詩歌の魅力を鮮烈に感じたことも確かなことであった。

「空への挽歌」は、亡き母の里である丹波を旅するという形をとった連作である。一連に物語（あるいは演劇）的な時間空間が設定されているということは、すでに多くの人によって指摘されている。たしかに歌を読み辿っていくと、昔ばなしの絵本で見たような旅の情景や、そこを行く主人公の面影が目に浮かび、懐かしく、はるばるとした空気を味わう。物語好きのわたしを刺激し、一連の歌の世界を感受させた理由もそこにあったようだ。そして、それがいわゆる〈道行〉の時空であることを、わたしはいまようやく気づきはじめているところである。
〈道行〉というのは、文学や芸能において、道を行く過程とそこに生まれる心情を一つに結びつけて表現する特殊な形式のことである。文学の場合は道行文とも呼ばれ、枕詞や掛詞、縁語などを駆使しつつ、通過する地の名をならべ、旅の光景や心情を表現するジャンルである。その源流は上代の歌謡や長歌にすでに見られ、平安時代の『忠岑集』においてほぼ形が定まったとされている。

中世になると、歌謡や軍記や謡曲など多くの分野で、〈道行〉文学が花開いたことはよく知られているだろう。それ以後も、近松門左衛門の世話浄瑠璃『曾根崎心中』の道行を頂点として、現代にいたるさまざまな文芸の中に生きているといっていい。わたしがまっさきに思い出すのはたとえば軍記物の中の次のような一節である。

憂きをば留めぬ逢坂《あふさか》の、関《せき》の清水《しみづ》に袖ぬれて、末は山路《やまぢ》を打出《うちで》の浜、沖を遥かに見渡せば、塩ならぬ海にこがれ行く、身を浮舟《うきふね》の浮き沈み、駒もとどろと踏み鳴らす、勢多《せた》の長橋《ながはし》うち渡り、行きかふ人に近江路や、世のうねの野に鳴く鶴も、子を思ふかと哀れなり……

（『太平記』俊基朝臣再関東下向事）

和歌や物語の伝統を背負った歌枕を連ねることで、その地の名のもっている多くのイメージをかかえこんだ重層的な表現が可能になり、そこから深い旅情が生まれてくる。〈道行〉という文体の特徴があますことなく出ている名文の一つであろう。わたしはこの〈道行〉文の魅力を、「空への挽歌」一連に読みとるのである。

夭死せし母のほほえみ空にみちわれに尾花の髪白みそむ
梯立《はしだて》を立てよ大江にかかる霧母が女郎花盛りふけなん
野にいねてかそけき滅びたどらんや鬼の醜草とは誰れがつけし名
母を知らねば母がくにやま見にゆかんほのけき痣も身にうかぶまで
いまひとつ峠を越えんはたち余り秋の空見ず逝きし母のため
大股にかなたに越えてゆきしものまた会わざれば鬼ときくのみ
風の記憶水のあわれのくさぐさに紛れ入りつつ母は笑まうや
髪綰《た》きし母のうしろで顫つものを太邇波《たには》の秋の夜のおみなえし

大江山桔梗刈萱吾亦紅　君がわか死われを老いしむ

「空への挽歌」は四十三首（「短歌」発表時は五十一首）からなる大作である。いまその中の九首を引いた。道行の場は歌枕である大江山。辞書によると、大江山は山城と丹波（八首目には「太邇波」とある）の国境にある山で、その坂路を「大江の坂」、あるいは「老の坂」というとある。一説には、酒呑童子という鬼が棲んでいた伝説の地もここだという。歌の中の「われ」はそこを旅する。そこはまた「夭死せし母」の故郷である。であれば、まぎれもなく母恋いの旅であった。

「われ」はうら若い母の「ほほえみ」を旅の空気の中に感じつつ、山坂を登っていく。道行はまず明るい悲愁感を漂わせて始まる。母の齢を越えてしまった今日の日の「われ」。そこが通称「老の坂」でもあれば、自身の髪の「白」がことさらに意識されてくるのも自然のなりゆきだ。それにしても、「夭死」「母」「ほほえみ」「尾花」「白髪」によってつくり出される歌の時空の、やわらかさと明るい寂しさは格別だ。「尾花」と「白髪」の結びつけ方など、古典の中では常套的な年齢表現でありながら、新鮮な抒情として蘇っている。

主役登場の口上のような第一首目を過ぎると、「かそけき滅びたどらんや」「母がくにやま見にゆかん」「いまひとつ峠を越えん」など、道の起伏や時間の経過がつぎつぎと詠み込まれていく。「梯立」は天の橋立を想起させ、そこから和泉式部の娘、小式部内侍の一首、「大江山いく野の道の遠ければまだふみもみず天の橋立」にも思いを至らせる仕掛けであろう。季節は秋、「霧」と「女郎花」が、亡き母の面影をうっすらと匂わせる。そのように、地に畳まれている史実や歌や物語に、自身の生身の声や身体が接木されて歌われていくのである。

一連の中に地の名はむしろ少ないが、通り過ぎていく道々で、見るもの聞くものの一つ一つに心が揺れ、乱れては「風の記憶水のあわれ」を呼びもどす。深く哀傷しつつ思索するさまが、しなやかな、張りのある律を通して、なんとゆたかに伝わってくることか。おそらく、このときの「あわれ」や「記憶」は、決して「われ」一人のものではなかっただろう。母をはじめ、小式部内侍やら鬼やら、その道を辿っていった人々すべてのまぼろしが、大江山を行く「われ」の背に揺らいでいたのではなかったか。

「空への挽歌」の重要なモチーフはいうまでもなく「母」と「鬼」である。「鬼」は評論『鬼の研究』の著者として、当時すでに馬場あき子を象徴するテーマとなっていたが、この一連においても「鬼」はまたその気配を濃厚に見せている。だがそれ以上に、一連の魅力をつくっているものは、まぎれもなく「母」であろう。「母」こそは、たんなる歌枕をこえた作者の「私」と不思議な縁を結ぶものだったのである。

丹波は母のくにである。越畑・梅畑・畠野・外畑・中畑・千畑・切畑、丹波はそして畑名にみちて、それは秦の氏のくにでもあるという。すぐれた先進文化をもって、ひとたびは古代文化を支えた秦氏の衰亡は、しかしながら急速であった。（略）分散・地下潜入、そうした経路のはて、階級転落した秦氏の気骨あるものは、山野にまじわってオニとなったという。

私はある日、一通の手紙を母のくにの古老より受け取った。私がこの至難の時代にあってなお、申楽の徒としてあることを、古老はふしぎな縁としてなつかしみ、丹波の真正申楽へ、私を招こうとするのであるらしい。思えば世阿弥も、母のくにの畑名にちなむ秦びとであった。（略）もしや世阿弥は、長い屈辱に堪えた秦のオニのひとりであったのではあるまいか。

これは『桜花伝承』に先立つ第四歌集『飛花抄』（一九七二年刊行）の巻頭「飛花抄」一連に、エピグラムとして附されている語り物風な文章である。わたしが『飛花抄』を読んだのは「空への挽歌」を知った後のことだったのだが、「母」と「鬼」との因縁は、そして「母」への道行は、すでにここに明示されていたのである。同時にそれは、馬場あき子が「秦氏―鬼―世阿弥―自己」という道筋を見据え、自身の文学の核として提示したということでもあったろう。

「母のくに」への道行は、しかし「飛花抄」ではそれほど明確な輪郭をもっているわけではない。「飛花抄」のテーマとして色濃く歌われているのは、「鬼」と世阿弥である。

しずめかねし瞋《いか》りを祀る斎庭《ゆにわ》あらばゆきて撫でんか獅子のたてがみ
いつの日の花やすらいや安らわぬ鬼ぞいま舞う素手の怒りに
世阿弥伝う「一大事也」かぎりなり　秦《はた》のおにびと鬼狂いせよ
鸞声乱声《らんじょうらんじょう》すでに一声《いっせい》骨とはなりて激《たぎ》つ鬼舞
むかし丹波の——おにもいまなし鄙びうた夕べは澄みて無韻なる空
われのおにおとろえはててかなしけれおんなとなりていとをつむげり
われや鬼なる　烙印ひとつ身にもつが時に芽ぶかんとして声を上ぐ
跼《くぐま》りている鬼・黒衣《くろこ》・かまいたち見えぬ憤りのふいにして起《た》つ

『飛花抄』の「あとがき」によれば、馬場が「飛花抄」を書いたのは一九六九（昭和四十四）年のことで、この作品を仕上げたことがきっかけとなって、『鬼の研究』を書くことになったのだという。だがそのときの彼女には「〈世阿弥の鬼〉はまだ扱う力がなく」、「この部分はそのまま手をつけずのこしておきました。しかし、ここで個人的体験としてうたったものは、何といっても〈鬼〉のテーマをえらぶ直接の動機となったもの」だという。この言葉と、「もしや世阿弥は、長い屈辱に堪えた秦のオニのひとりであったのではあるまいか」と合わせて読むと、歌のテーマがひときわ明確になってくるだろう。それは、「われのおにおとろえはてかなしけれ」「われや鬼なる」とあるように、世阿弥と「われ」をつなぐ「鬼」の血脈の宣言であり、「鬼ぞいま舞う」「秦のおにびと鬼狂いせよ」と歌われる「鬼」の解放である。社会から疎外され、暗部に閉じ込められた者の佶屈とした怒りと哀しみを、むしろ逆襲の活力として解き放つ。舞う身体はそのまま歌の身体となり、声調は高く張って、強い。しらべの緊迫感は、精神の誇り高さまでみちびいているかのようである。

2. 声と身体

わたしがいま、あらためて『飛花抄』から感じとるものは、いうまでもなく能である。世阿弥の名や世阿弥の言葉が歌い込まれているからだけではない。歌の中に、いわば能のパフォーマンスを顕著に読みとるからである。たとえば撫でる、舞う、怒る、狂う、激つ、紡ぐ、声を上ぐ、踊る、起つなどという身体の動きの表現。素手、骨など身体そのものを指し示す言葉。あるいは鸞声、乱声、一声など声の表情。歌には身体と声の演技的なバリエーションがあふれている。

わたしの乏しい観能体験からいってみても、能には他の演劇にない特殊な力が明らかに感じられる。それは声の唱和がつくり出すエネルギーだ。地謡衆や立役たちの群声の輪が巻き起こすエクスタシーといってもいい。わたしはいつも観客という客観的な領分を越えて、その唱和する声の渦の時空の中に身体ごと巻き込まれてしまう。能の主人公たちはすべて霊といってもいいが、舞台装置の変化も演者の衣装の変化もないままに、そこに呼び出されるこの世ならぬものの姿を、わたしは何故ありありと幻視できるのか。

いや、わたしだけではない。演者も観客も、そこにいるすべての者が一つのまぼろしを視ているという不思議さに、わたしはしばしば心を圧倒されてしまう。そしてそれが唱和のエネルギーにほかならないことを確認するのである。二十歳の頃より能を舞い、能を身体で知っていた馬場は、声と身体のパフォーマンスがつくりだすこの共同の幻視のことを、熟知していたにちがいない。

能の原初の形は、祭祀劇だという。能舞台は、地謡衆や立役たちの唱和によって個の解体と変身が演じられる祝祭空間となる。引用した『飛花抄』第一首目「しずめかねし瞋《いか》りを祀る斎《ゆ》庭《にわ》あらば」の「祀る斎庭《ゆにわ》」とは、その原初の形を見据えての言葉だろう。そして「ゆきて撫でんか獅子のたてがみ」と、いわば目に見えぬものを呼び出し、その魂を鎮めるのだ。

もとより、能の身体はリアリズムを目指すものではない。たとえば「遊楽万曲の花種をなすは、一心感力の心根也」と世阿弥がいうように、演者の「一心感力」の身体が、「万曲の花種」を生むのである。「感力」とは、わかりやすくいえば「感応力」であろうか。自らの「感力」を「広大無風の空道に安器」するまで、つまり宇宙と通底する深層の意識となるまで研ぎ澄ますことによって、「雪月・山海・草木・有生・非生に至る迄」の「万物」を生み出すのだといい。その身体は深い情念へと向かうことはあっても、心理の綾をリアルに表現することとは無縁であめる。素手のひと振りで、あるいは一声で、地下の情念を呼び起こし、天上の花を降らしる。歌の表現でいえば「踊りている鬼・黒衣・かまいたち」など「非生」のものたちに名を形を与え、彼らを起たせるのである。おそらく、このときの馬場にとって、能の表現と歌の表現とは、その本質においてほとんど同じ構造と考えられていたのではないだろうか。それゆえに、歌は難解でもある。

能の身体と歌の身体、言い替えれば所作と言葉の違いを、馬場はここから見極めていくことになる。ここで先の「空への挽歌」の一首をもう一度ふり返ってみよう。

大江山桔梗刈萱吾亦紅　君がわか死われを老いしむ

地の名と秋草の名を並べたのみのこの上句、おそらくは能の詞章にあるものなのだろう。能に近いといえば、これほど近い表現はないともいえよう。だがそのことを知らずとも、大江山という地の道々に咲き揺れている草花が、幻想的な「舞台」として誰の目にもたちまち浮かんでくる。この舞台装置ゆえに、「君」と「われ」が、まるで夢幻能のように二人の死と生の関係を逆転するのである。死者たる母のみずみずしい幻影が、生者の「われ」を老いしめる場面を、深い悲哀とともに読者に感受させる。いい替えれば、「母」への思慕が「道行」という空間を得ることによって、読者＝観客との通路を鮮やかに開いていくのである。

「母」と「道行」ということから、わたしはさらに能の「熊野《ゆや》」を思い出す。その中にシテの熊野が病気の母を案じつつ、都の春の花見のにぎわいの中を清水まで行く道行の部分がある。「誰かいひし春の色、げに長閑なる東山。四条五条の橋の上、老若男女貴賤都鄙……」というように、地名をつぎつぎと折り込み情景を映しながら心情を述べていくのである。また「熊野」の中には故郷の老母からの手紙を読む場面があるのだが、「何とやらんこの春は、年古りまさる朽木桜、今年ばかりの花をだに、待ちもやせじと心弱き、老の鶯逢ふこととも涙にむせぶばかりなり」と、子を思う老母の情を籠めたこれも名文である。遊君熊野はその後で心情の籠った名歌を詠んだことで、故郷への帰参がかなうのだが、馬場はこの名歌誕生の件について、「熊野は宗盛の遊君としてではない、私的な悲哀な情況に感情を昂《たかぶ》らせ、切実な私の心をみせた一首を生むのである。歌はしばしばこうした刺激から生まれる」（『能・よみがえる情念―能を読む―』）という解説をしているのも興味深い。馬場の内部には、物語やその名文の詞章はもちろんだが、歌の生成の秘密に関わる思索にもめぐりあっていることは疑いない。『飛花抄』『桜花伝承』といえば、馬場あき子の歌の変遷の中にあって、文体が典雅で格調のある古典調の歌集とされている。同時に内容の上からいえば、もっとも能に近い歌集ということもできようか。馬場の歌にとっての重要な基底がここにあり、さらに馬場の歌の声や身振りが、どのようなテーマや状況を詠もうとも、何故つねにゆたかで大きいのかという理由もまたここにあるだろう。

さくら花幾春かけて老いゆかん身に水流の音ひびくなり　『桜花伝承』
植えざれば耕さざれば生まざれば見つくすのみの命もつなり
胸乳など重たきもののたゆたいに翔《た》たざれば領す空のまぼろし
忘れねば空の夢ともいいおかん風のゆくえに萩は打ち伏す
母の齢《よわい》はるかに越えて結《ゆ》う髪や流離に向かう朝のごときか　『飛花抄』

『飛花抄』と『桜花伝承』の中の名歌として評価の高い歌をいくつか引いてみた。とくに一首目は馬場あき子の代表歌として、解釈や鑑賞がさまざまになされてきた。まず、構えのゆったりと大きく堂々とした歌の姿の魅力。伝統的な美と観念を根底にした上句と、それを受けた下句の「水流の音」の感覚の現代的新鮮さ。人間の生の時間と樹木の時間との交響と感応。あるいは永遠と一瞬などと、読者の想像と思索をふくらませてきたが、冒頭のこの一首には、なお語り得ることがありそうである。

「さくら花幾春かけて」の歌を前にして、わたしは先に述べた原初の能について再び思いをめぐらす。能舞台が個の解体と変身が演じられる祝祭空間であったという性格についてである。「老いゆかん」「音ひびく」の主体は「さくら」なのか「われ」なのか。おそらくどちらでもあるのだ。そしてその「われ」は同時に「われわれ」でもあるというこの副奏する主体感覚こそ、馬場が能（民俗芸能や大衆芸能をもふくめて）を通して得た最大のものだったのではないだろうか。

「老い」は、馬場の歌に頻出する。しかし彼女の「老い」は、能の「道行」に照らしてみるとき、死者と同様に永遠の「若さ」を取り戻す。それは、歴史の中からの声であれ、現代の世の声であれ、つねに「われわれ」の声を密かに背負っているからであろう。

いわばヒトの〈自然〉を超えているゆえに、馬場の歌う「老い」にはみずみずしい生命が籠るのだ。現代社会にあって、ヒトの声がいよいよ希薄さを増している中で、馬場あき子の歌の「身体」や「声」が、深い魂の祝祭性を帯びて蘇ってくるのを、わたしはいまあらためて感じている。

白を歌う――豆腐としら飯と足袋と

待つといふ齢《よはひ》きて人を恋ふちからしづかなり湯豆腐も煮ゆるころなり　『記憶の森の時間』

馬場あき子には冬が似合う、とわたしはひそかに思ってきた。精神としての冬である。このような歌を読むと、その思いをまた深くする。

この歌は第二十五歌集『記憶の森の時間』のなかの「歳晩」という一連の最後に置かれた一首。馬場あき子の八十代の歌である。歌の中に「冬」という言葉が使われているわけではないが、「湯豆腐」を通して伝わってくるのは、ゆたかな冬の情感とその深い感慨である。

初句に「待つ」という言葉をまず置いている。「待つ」という言葉は、かつて第三歌集『無限花序』において歌のテーマとなったもので、人を、人生を、世界を、動かずに見据え、引き受けるという思念的な心の在り方を示していたが、ここではより人生的な歳月の中での、覚悟や余裕をそなえた心の熟成の色合いが濃い。

そうして冬は、四季の中でいえば、むろん老の季節である。華やかなものを削ぎ落して素の心があらわれる季節、つまり生きるということの根源が見えわたる季節だ。そうした季節の中でいっそう透明感をましてきた心の視野を、「待つという齢きて」という自らの歳月とともに噛みしめている。

人生の冬の季節を迎えた心を、「待つ」という姿勢として作者は見つめる。だがそこに、「人を恋ふちから」を重ねていくところに、この歌のいのちがあるというべきだろう。単純な老の感慨にとどまらずに、むしろ齢とともに深くなる「人を恋ふちから」の告白がここにはくっきりとある。そしてそれが老齢の嘆息をつややかな吐息に変えていく。「しづかなり」というその「恋ふちから」の深さと強さが、読者の心に沁みとおるのである。

そこからはもう「湯豆腐の煮ゆる」場所まで一直線だ。初句に「待つ」という言葉を据えたならば、結句に待ち人の気配がなくてはならないというように、懐かしい生の場所へと歌の情景は鮮やかに展開する。そうしてひたひたと人を恋い、春を恋うて生きる人の生のいとしさを、「湯豆腐」の白さとともに伝えてくる。

豆腐をめぐる歌をもう少し引いてみる。

豆腐料理の季節来て今夜豆腐なり八つ手の花もぱらりと咲いて
八つ手の花に霙降る日の鍋料理黙つて食べてゆつくり眠れ
風景をなくしてしまつたふるさとのスーパーに買ふ白雪豆腐

『鶴かへらず』

この世すこし貧しくなれり白妙の豆腐のはだへいよようつくし　『あかゑあをゑ』

豆腐の白の静かさ、懐かしさ、それはいうまでもなく冬の静かさ、懐かしさである。一首目では「豆腐料理の季節来て今夜豆腐なり」と、冬という季節の到来を「豆腐」という言葉を重ねて、いわばただそれだけで、冬への心弾みを端的に歌う。思わずこちらの心も楽しくなるのだが、その心を「八つ手の花もぱらりと咲いて」と軽やかに受けるのだ。上句、下句の絶妙の掛け合いというべきだろう。

次の歌では、「八つ手の花」や「霙降る」冬の簡素な風景のなかに「鍋料理」を登場させる。鍋のなかに豆腐があることはいうまでもないだろう。たっぷりと温かく熱量のこもった「鍋料理」を、「黙つて食べてゆつくり眠れ」と歌う。冬が生き物にとって生命を蓄える季節であることを諭すように、そして自身の生命をいたわるように、「ゆつくり眠れ」と歌うのである。

そうした生きることへの郷愁を伝える馬場あき子の「豆腐」は、そこからさらに「日本」の状況に対する象徴性を含んだ意味合いを帯びていく。「風景をなくしてしまつたふるさと」や、「すこし貧しく」なった「この世」とともに、「白雪豆腐」と「白妙の豆腐」が歌われていくのである。これらの豆腐の「白」のやさしさ、美しさが示すものは、むろん、作り手の匂いのする少し昔の日本への郷愁であるとともに、それを反転した、スーパーのパック詰め豆腐に象徴される今の日本への危惧にほかならない。

しら飯を二つの茶碗によそひつつ相対きて食ぶしら飯は愛　『記憶の森の時間』

さて『記憶の森の時間』の中には、豆腐の「白」とともにこのような忘れがたい「白」が歌われている。「しら飯」である。

ご飯の場面である。「二つの茶碗」「相対きて」とあるので夫婦二人の食卓であろう。白いご飯をお茶碗によそい、あなたとわたしと対き合って食べる。日本人の食事の原型のような情景がここにはある。易しい言葉で、余分なものは何もなく、それだからこそ「しら飯」を食べるということの幸せを純粋に輝かせているのだろう。しかしこの一首はそれだけには終わっていない。結句に「しら飯は愛」と言葉が跳躍するからだ。この歌の前に、「若きひと二人きて愛について問ふ夫婦つて別れないことが愛だよ」という一首があり、そのときの事情がよくわかってくる。だが情景の説明がなくても、「しら飯」の歌は心に沁みる歌である。西洋のくっきりと言葉や身体であらわす愛とは異なった、日本の愛の形がここにある、というべきだろうか。

わが穿きし百足ほどの白い足袋ただよひきたるうすずみのゆめ　『鶴かへらず』

次の「白」は「白い足袋」である。それも「百足ほど」の白足袋が夢に漂うという。馬場あき子は能を舞う人なので、白足袋は能舞台に立っている時のものと思っていいのだろう。白い足袋が「うすずみのゆめ」の中を漂うイメージは、だが決して気持ちの良いものではない。白足袋はおそらくは死者たちである。能という劇が死者の霊によって物語られることを思えば、むしろ当然なのだが、その死者たちを馬場は演ずることで身内にしているのであろう。「わが穿きし」という言葉の意味はそこにありそうだ。思えば怖い歌である。

水晶体入れ替へて見る世のいろのなかにしていひやうもなく美しき白　『鶴かへらず』
月光が昨夜《きそ》みてゐたる白玉の茶の花二つ今朝ひらきたり
冬来たりあらはるるものあはれなり涸《から》びし守宮、百足のたぐひ　『渾沌の鬱』

馬場あき子にとって「白」とはおそらく精神の原点といっていいのだろう。水晶体を入れ替えた目であらためて見る世界の「白」の鮮烈さ。また昨夜の月光が見ていた「茶の花」が、今朝ひらいたというその「白玉」のひそけさ。馬場あき子の歌というと、華やかに咲き開く牡丹の花をはじめとして、あでやかな、身振りの大きい花や虫や生き物たちの姿を思い浮かべる読者が多いのではないだろうか。その魅力もうべないつつ、ここに読んできたような素心のあらわれた歌もわたしには忘れがたい。

冬が来て、木々や草が枯れつくした景色の中に露わになる「凋びし守宮、百足」。それら生き物の死の姿を「あはれなり」と歌う。この「あはれ」には古典文芸の響きが潜んでいるだろう。「あはれ」という深い声の情趣を、いわば個体をこえた伝統につながる文芸の響きとして、馬場は充分自分のものとしている。馬場あき子だからこそ表現できる「あらはるるものあはれなり」の世界である。

「あはれなり」の言葉を発する前に、わたしたちはすでに「もの」が「あらはるる」瞬間のくさぐさを見つめる力そのものを失っている。歌集のタイトルの「渾沌の鬱」という言葉には、そういう時代に立ち合っていることの「鬱」が、濃く、淡く滲んでいるだろう。そしてその「鬱」を清める原点としての「白」――馬場あき子が歌う「白」にわたしが惹かれる理由もそこにある。

歌の森へ・日常から国家まで――『記憶の森の時間』を読む

馬場あき子の第二十五歌集『記憶の森の時間』を一章、二章と読みたどりながら、わたしには従来にない心躍りが沸き起こっていた。それは端的にいえば、わたし自身が歌を作る一人であることを再確認させる、とでもいうような初々しさのある感情であった。その感情は、まずは次のような歌とともにあった。

代掻きの移りし広田ゆふぐるるまでを見てゐる歌よみひとり
萩の花咲きなだれをるところより家なれば入る低くくぐりて
小さいやもりこよひ畳の上に出てほろびんとするいのちかなしむ
名言集といふもの売れて名言のなかの人生知ることもなし
住みながらこの国だんだん遠くなるてんじんさまのほそみちのやう

いずれも歌集前半にある歌で、一首目は佐渡の旅の風景を捉えたものだが、水田の夕暮れの景色に特別の描写があるわけではない。ただその景色を「ゆふぐるるまでを見てゐる」という時間的な経過が、そのままで「歌よみひとり」の孤独感に直接結びついているということである。もちろん、そうした時間は、その前に据えられた「広田」という茫漠とした「景」の空間へのまなざしと不可分のものでもある。技巧というものを感じさせない簡潔な表現というべき歌のたたずまいが、かえって心情の深さを惻々と伝えてくるのはなぜなのか。それを分析することはなかなか困難だ。

また次の歌では、上句のいかにも古典的な萩の景色をふいと壊して、日常の場へいきなり読者を引き込んでくる手口があざやかだ。上句の終わり「なだれをるところより」から、下句の「家なれば」への経路がきわめて直であり、その間に余分な言葉がない。萩の「景」がそのまで「低くくぐりて」という行為に直接なだれこんでくるといってもいいだろう。

次のやもりの歌でも——周知のように小さな生き物は馬場の歌の一領域であるが——「畳の上」にあらわれてから「ほろびんとする」「いのち」として見て取られるまで、言葉の上には時間的な間が全くない。いや、むしろ「やもり」が自らの「いのち」を「かなしむ」ために出没したとさえ読めるだろう。この反転ゆえに「やもり＝ほろびんとするいのち」のはかなさがひたひたと胸に迫る。さらには四首目、五首目の「名言のなかの人生」や「この国」への思いを含めて、詠まれている内容はこれまでの歌集と大きく変化しているわけではないが、一首の姿はいよいよ平易、透明になっている。「てんじんさまのほそみちのやう」という歌謡的な修辞も、この練達の歌人の読者にとってはなじみのものだ。
これらの歌の底流にひそむものといえば、あるいは伝統的な無常観につながるものと見る向きもあろう。しかしそれは誤りだ。なぜなら、つながっているのは、そうした古びた「観念」などではなく、まさしく「現代」なのであって、たとえば次のような歌をみるだけでもそのことはよくわかる。

恐ろしき自らの老を思はせて原宿の街あり少女とゐたり
コスプレで自分を消して生きるといふまこと正常のやうなかなしみ
コスプレの衣裳で死ぬのが理想といひまじめにくだらぬ世を歎きたり
スペイン坂ひとつ向かうはオルガン坂しみらしみらに秋の陽が降る
上京《かみぎやう》の白峯神宮に還御して崇徳院さんはサッカーの神
祟るといふちから思へば白峯になほしづまらぬものこひしけれ

「くらげ水族館」一連からと、つづく「しぶや七坂」一連から三首ずつ引いた。立ち会っているのは、原宿、渋谷などのいわゆる若者たちの街の風景や風俗の中である。このうちコスプレ少女との出会いの歌は、くらげの奇態に興味津々たる眼と愛情を注いだ直後に置かれているので、「くらげ」と「コスプレ少女」の間には少なからぬ同質性を読んでしまうが、むろん問題はそうした同質性にあるわけではない。

コスプレ少女を前にして、作者は「恐ろしき自らの老」をくらくらと慨嘆する。しかしながら眼はらんらんとコスプレ少女に注がれ、少女のあるかないかわからないような内面を現代社会を映す鏡のように痛快にえぐり出す。その手技は、たとえば「くらげくらげ羽衣のやうな触手もて飲食をせり命みじかし」と歌われているように、むしろくらげに対する方が優しげであることもこの作者らしいところであろう。

ところで、巻頭の佐渡という地の名にはじまり、原宿や渋谷という街の名を見つつ、わたしはふと、この作者がかつて多くの歌枕をめぐり歩いたことを思い起こす。それは、地名という文化的な記憶を揺り起すことで、現在の生の時空間を深め、かつ広げる行為として、この作者の歌の生命力の源泉をなしていたことはいうまでもない。

だが、ここに見える渋谷の坂や、京都・上京区の白峯神社にも、かつてのような古典的な意味合いは少ない。「しみらしみらに秋の陽が降る」という、いかにも古典的ないいまわしが浮上させているのは、「スペイン坂」「オルガン坂」というカタカナ名の坂で、いわば異種混交的な景色である。また、崇徳院が祀られている白峯神社は蹴鞠にゆかりの深い神社であることから、現在は球技の神ということになっているらしく、それが「サッカーの神」を導きだしている。つまり、ここにあるのは、まさしく越境へのまなざしというべきものであって、一方で祟り神としての崇徳院の「祟るといふちから」を恋いながらも、もはや過去の文化的記憶だけでは捉え切れない「現在」であることを歌は知らしめている。「サッカーの神」とは、そういう状況を踏まえた上でのいわば密通の企みなのであり、日本人がいまどんなところに立っているのか、現在という場がどういう場所なのかを、あらためてわたしたちに振り向かせるのである。

いや、コスプレ少女やサッカーの神ばかりでなく、現在との密通の企みはこの歌集のいたるところにつづいている。たとえば歌集の中ほどに、歌集名となった「記憶の森の時間」という、まさしく現実と物語とが入り混じったような大きな一章がある。そこには壮大な記憶の森の迷路を行くように、日常があり、歴史と文化があり、また国の行く末が見つめられ、そしてそれらが回想や幻想と複雑に絡み合うなまなましい時空として混在し合っている。その最後に「おばあさま」と題されたこんな歌が並んでいる。

ちのみごのわれを育てしおばあさまは骨ばりて痩せし丹波の人なり
おばあさまは朝顔好きでおはしけり蕾かぞへつつ庭行水せり
霧降れば海の底なる丹波より駆け落ちしてきたおばあさまです

一見、自分の祖母の回想のようにはじまりながら、歌はしだいに物語めいていく。一体、この海の底から駆け落ちしてきた「おばあさま」とは誰なのか、そういぶかりつつも、わたしは記憶の森の「声」の深さに思わず引き込まれていくのである。

歌の魅力はたんに「声」のもつ伝承性ゆえではない。作者が身の内、外のあらゆる「声」を引き寄せ、その可能性をさまざまな形で生かそうとする強い指向性あってのことだ。いいかえれば、「声」の記憶を古典や歌謡などの遺産としてまつりあげることではなく、現代を生き抜く歌を、いうならば使いまわしのきく器として縦横に使いこなすという決意のようにもわたしには見えるのである。そしてそこが、日常から国家までを揺るがしている歌の「森」の、まさしく入口であり、出口であろう。わたしが歌集はじめに抱いた心躍りとは、おそらくこれであった。

『あさげゆふげ』の時空――夢幻くずし

『あさげゆふげ』は馬場あき子の二十七番目の歌集である。さりげない日常時間の過ぎ行きをタイトルに据えたこの歌集は、これまたさりげない食卓情景から歌い出されている。

朝餉とは青いサラダを作ること青いサラダは亡きははは好みき
茶柱が立つてゐますと言つたとてどうとでもなし山鳩が鳴く
しごと一つしたともなくて夕焼けにけふは西瓜を食べ忘れたり

朝、昼、晩と過ぎてゆく時間の中から、とりたてて事もない平穏な情景を歌にしているように見える。青いサラダ、亡きはは、茶柱、山鳩、夕焼け、西瓜と、身近な、易しい言葉ばかり。では、歌われているのは、現実感のある日常風景なのであろうか。

じつをいうと、わたしはこの歌集を読みはじめてすぐに、作者の目の焦点が気になったのである。日常茶飯事を軽妙に歌っているようで、作者の目はいったい何を、どこを映し取っているのだろうか、と。青いサラダ、茶柱、夕焼けと言ったとて、おそらく作者の目は実際の景物のどこも見ていない。作者の目は、いわば思いの風景をみつめている。現実でもあり幻でもある、あるいはそのどちらでもないような不思議な時間の奥行きをみつめている。わたしはそこに、馬場あき子の歌の現在、いい直せば老成の夢幻時空ともいうべき新たな試みを見てとったのである。そしてこんな歌を前にしてしばらく佇んでいた。

＊

何が終り何がはじまるさりながらぼうたんの紅《こう》ややにふくらむ
一夜の雨に杏が咲いて今日はもう何もしないでいい日と決める
花柚子の実りを今日も地に落とす鵯に情念のごときあらずや
今日なさず明日なさずされどひと生《よ》にはなさんと思ひゐることのある
間に合はず間に合はずとは欲ふかき晩年の春の心ならんか
生きるとはつねに未済の岸ならんいいではないか　でも花は咲く

「春逝く」という一連の前後には「今日」という時間についての思いが多く歌われている。「何が終り何がはじまる」と作者はいう。発端と結末があるのが〈物語〉とすれば、それを人の一生でなぞれば誕生と死となろうが、その後者に生の感慨が集約していくのは、むろん老齢の証しであろう。「今日」という時間の切岸には、ぼうたんや杏や花柚子がからみ、〈物語〉としての自身の一生を見渡している作者がいる。始まりがあれば終りも諾わなくてはならないのは当然だが、しかし〈物語〉などにはやすやすと収まらない生身がある。それゆえ「さりながら」と作者はいう。それは否定でも、抵抗でもなく、〈物語〉の時空に食い込んでいく作者の息づかいといってもいいだろうか。この差し挟まれた「さりながら」によって、〈物語〉の時間と生身の〈人〉の時間が綯い交ぜにされ、生きている時間の遠近がおぼろげになる。ときに「間に合はず」と繰り返す「欲ふかき晩年の春の心」によって、「今日」という「未済の岸」がいよいよ輝きを増してもいく。「いいではないか」と軽く受け流しながら。

*

身を包む古きファッションは暖かし風の河原に人を見にゆく
くにやくにやと骨外すやうに手をゆらし体操をするあり吾もしてみる
河原には誰がゐようと可笑しくなし年寄がいつまで坐つてゐても
捨てられたやうに脱走したやうに河原の土堤に坐るたのしく
河原には雀がをりて草の実をせはしく啄む風の音する

重層する時間は、空間も二重写しにして見せる。たとえば、「河原」という言葉にひかれて、「河原雀と屋根雀」一連からはじめの数首を引いてみた。何ともおもしろい歌である。河原には「くにやくにや」体操をする人がいたり、年寄がじっと坐っていたり、雀が草の実を啄んでいたりしていて、その中で自分も「捨てられたやうに脱走したやうに」坐ってみる。するとなにやら「たのしい」のだという。こうした景色は、一見すると河原を散歩しつつ目にした風景をそのまま映したようにも見える。だが、この「河原」という場はきわめて演劇的であって、しだいに能の舞台のようにも見えてくる。たとえば一首目の「身を包む古きファッション」が能装束であるとすれば、「風の河原」は夢幻能の舞台であり、そこに登場する「人」とは誰か、むろん亡霊であろう。

あらためていうまでもないが、夢幻能とは、故人の霊や神・鬼・精などという超現実的存在の主人公（シテ）が、一人の旅人や僧（ワキ）の前に出現してきて、ひとしきり過去の伝説や身の上のうらみ、つらみを語り、やがて仏教の諭しによって鎮められ、去ってゆくという筋立てになっている。

おそらく、この「河原」という空間は、作者の散歩空間にちがいはないが、また一瞬のあいだに夢幻能舞台に変容してはいないであろうか。二つの空間にきっかりした境はなく、むしろ地続きのままであり、それゆえ逆に現実味があるといいかえてもいいであろう。出入り自由な

「年寄」とは作者であり、また二重写しの眼力をもってこの世を眺めている「旅人」でもあろう。そして河原で体操をする老人の「骨外す」という言葉には、夢幻能を日常の場に「くずす」という気配さえ漂っているではないか。
むこうとこちらを「未済の岸」にしたまま行き交うという重層性は、この歌集のいたるところに見出すことができる。

築地市場に大きく笑ひ佇める碧眼の人の玉子焼きの箱
わが庭を通らねばゆけぬ野の闇に二、三の猫の長き尾は消ゆ
わが庭を通りて深い闇にゆく猫の道あり昼はなき道
おもしろきものかなと賞《め》でて食《た》うべける俊成のつひの食《じき》なりし雪
さくらからさくらに架かる朝の橋白描のごとし誰も渡らず

築地市場に登場する「笑ひ佇める碧眼の人」は、過去世からみれば幻のような情景ではないか。また「わが庭」を通って「野の闇」へ、そして「深い闇」へと行き来するものは、「猫」ばかりではなく、「俊成」もまたしかり。さらに「さくらからさくらに架かる」「橋」は能舞台の「橋懸り」とも見える。あるいは作者は、今日の日の「あさげとゆふげ」の中に、入れ子の

ようにして「俊成のつひの食」を現出させてはいないか。さりげなく、ごく自然に移ろっていくこの時空の変容こそ、まさしく「夢幻くずし」の光景であろう。歌集に多くある夢の歌のおもしろさも、おそらくそこに由来する。

現実にゆめが入りくるけはひする時ありてふとドア静かなり
夢の通ひ路まだあるやうにほのぼのとまなうらにゐて歩む言の葉
くらげのやうに流れゆく夢のうつつでは海なのにリュック背負つてをりぬ
沢山の部屋に迷つて沢山の画を見てゐたり苦しき夢に
必ず群衆に紛れて道を見失ふ暗い祭りのゆめにゐるわれ
朽ちてゆくかたちはみえて朽ちゆかぬ思ひあることなまぐさきなり

夢と現の境が薄く、透明になる。いや「夢のうつつ」という言葉があるように、むしろ夢の方に作者の現実感があるようにも見える。歌には奇妙な夢の風景が次々と映し出されているが、そこでの「くらげ」や「リュック」や「画」や「祭り」の「群衆」のなまなましい現実感。夢とは「朽ちゆかぬ思ひ」の「なまぐさき」ものだと作者は言うが、それも夢とともに「言の葉」が「歩いて」いるからであろう。

＊

さて、この歌集で特筆すべきは、夢幻くずしの光景の中に、本物の死者が出現してしまったことだ。夫君、岩田正の突然の死。それは作者にとってはまさしく夢幻のような現実ではなかったか。

ふたりゐてその一人ふと死にたれば検死の現場となるわが部屋は
一瞬にひとは死ぬもの浴室に倒れゐし裸形思へば泣かゆ
夫《つま》のきみ死にてゐし風呂に今宵入る六十年を越えて夫婦たりにし
深き皺ひとつ増えたり夫の死後三日の朝の鏡に見たり
墓などに入れなくてよいといふであらう本質はさびしがりやだつたあなた
若き日のほのかに温《ぬく》き言葉もてツルゲーネフを愛しゐしきみ
衛星のごとく互《かたみ》にありたるをきみ流星となりて飛びゆく

急逝の夫を詠んだ歌はいずれも哀切深く、ひたすら胸を打つ。「流星」になった「きみ」は、夢幻能の時空とはまた別の宇宙空間に棲むとして歌われていることも感慨深い。

そして夫亡き後、歌人は何とともに生きているのか。深い寂寥感を心の底に沈めつつ、日常生活に登場するのは、自由に軽やかに、好奇心に充ちて、喪失の時間をゆさぶる「ねずみ」と「けむり」。それらが切実であればあるほど、なんとも可笑しい。

桜前線に追はるるやうに脱藩のねずみら走りわが家にひそむ
ある夜トイレに起きて廊下に出会ひたるねずみと吾れと狼狽したり
記憶といふものだんだん薄れゆくやうな豊かさといふ日向あるなり
雪晴れの空と大地を見わたせば夫なく父母なく過去とはけむり

あらためて思い返せば、「あさげ」と「ゆふげ」の間に人の生がある。言葉を紡ぐ仕事を現実とすれば、「ゆふげ」から「あさげ」の間にあるのは、むろん夢。そうして夢と現の間を人は生きる。「あさげ」から「ゆふげ」へ、また「ゆふげ」から「あさげ」の間が、こんなにも切実でいとおしいとは、この歌集が教えてくれた豊かな贈り物である。

古典評論の位置

馬場あき子が『鬼の研究』『大姫考』『遊狂の花』と、次々と古典評論を書きついでいた頃は、日本の文学論史の上で中世再考の時代でもあった。昭和三十年代から四十年代にかけてである。当時大学生であったわたしの周囲でも、中世文学の軍記や説話、語り物などの世界が、いきいきとした息吹と新たな魅力をもって語られていたことを覚えている。そのころ出版された永積安明の『中世文学の成立』や西尾実の『中世的なものとその成立』などの研究、あるいはまた笠原伸夫の『中世の発見』『中世の美学』などの評論も思い浮かぶ。それは遡れば、唐木順三の『中世の文学』にもつながっているだろう。

わたしがその頃朧げながら感じていた「中世的なもの」の魅力とは、いうまでもなく庶民的エネルギーであるが、それはほとんど近代文化のいきづまりを切り開くエネルギーと同義でもあった。文学の未来を、近代のつづきの上にではなく、中世文化にひそんでいる混沌のなかから、あらたな主体性確立の強靱なエネルギーを発掘する試みの上に見ていたのである。そしてそれは、ちょうど当時の安保闘争という政治色濃い時代のなかでの、いわば「民衆」の発見とも重なっていたように記憶している。『大姫考――薄命のエロス』が出版されたのは、昭和四十七（一九七二）年の六月であった。「大姫考」は、そのなかの巻末に収められた書下ろしの論考である。いまあらためて読み直すと、これは大姫の系譜を歴史の深層から浮きあがらせるものであると同時に、歌人馬場あき子が現代短歌のなかに自らの歌を立てるための、いわばマニフェストのような文章でもあったことに気づくのである。

大姫とは長女のことである。古代社会において、伊邪那岐《いざなぎ》の大姫が、弟の須佐之男《すさのお》をしのぐ万能の巫咒力をもっていたことは、大姫の存在力をきわめて象徴的にあらわしているといえる。

「大姫考」はこの一文からはじまる。くっきりとした女の名乗りのようなこの文章には、秘めていた馬場の思いが満を持して語られはじめた観がある。

馬場はまず大姫の源に光をあてる。すなわち、大姫とは単に出生の順位の敬称ではなくて、一般の能力をしのぐ大きな力、巫咒力をもった女性への敬称であったことを確かめる。そして、大姫がまさしくその巫咒力ゆえに、斎宮、斎院という祭祀の犠牲となり、さらには氏族や家の繁栄の象徴として政治の犠牲となって生きる運命のなかで、やがて政治抗争の接点で命を削られるように咒力を失っていく姿を浮き上がらせるのである。その手並みと語り口はいかにもあざやかで、たちまち読者を歴史の現場に誘い込む。

だがこの論は、単に歴史のなかの大姫の系譜を明らかにすることが目的なのではない。馬場は、大姫はその大姫たる矜恃にどのように身をまかせて生きてきたのであろうかと問い、あるいは大姫がその重りかな矜持に抗って〈私〉の思いを通すことはなかったのであろうかとさぐりを入れる。そしてたとえば、藤原北家の大姫、高子を業平が盗み出した逸話を語りながら、その逃避行の一夜こそ高子がひとりの女として甦りえた夜であったというのである。藤原家の大姫たちが、家運を賭けた男どもの権勢争いの道具として使われながら、むしろその価値観とはかかわりのないひとりの女として生きた場があったことを明らかにするのである。大姫の内面にもう一歩深く踏み入っていくこの馬場の筆致には、同じひとりの女としての息づきが深い。馬場はそうして、「大姫は詠嘆される運命などでは決してなく、むしろ闘うべく闘わされた宿命の姫たちの名である」と逆襲のようにいい替えることで、政治や法や制度のなかに生きざるを得なかった女の「詠嘆」という場所から、多くの大姫たちを解き放ってみせたのである。

そのことは、時代がもう少し下った源頼朝の大姫を語るなかでさらに明確になる。幼少の時に木曾義仲嫡男清水冠者と政略的に婚姻させられた頼朝の大姫は、その幼い夫を父頼朝の手によって殺されたことにより、悲劇的な自我を貫きとおして夭折した女として登場する。馬場はそこに、政治の犠《にえ》を拒否しつづけ、一人の人間として人を愛そうとした大姫の無言の抵抗の物語を読む。そして大姫の消長を、つまり古代的な巫咒力や福徳の面がしだいにうすれ、父兄の権勢欲のための小道具と化して悲劇的で犠牲的な姿をさらすようになっていく大姫の過程をたしかめながら、このように言葉をつづけている。

もともと大姫とは、家の繁栄を祝福すべく、最初に生まれた斎《いつ》きの女であり、その伝える神咒の声には父母といえども従わねばならぬ超越的な力がみとめられていたはずであるが、いつかこの大姫の力は、帝の斎姫《いつきひめ》としての装飾的存在となることによって政治の垢にまみれるようになってしまった。しかし、それは同時に、大姫が人間として蘇る端緒ともなり、装飾的な斎姫としての虚名の矜持以上に、人間として愛されることの幸福を選ぼうとする大姫の叛逆がはじまることになる。

政治のなかに深く埋もれつつ、しかしそれに決して殺されることのなかった女の愛という価値観に光をあてていく画期的な視点がここにある。馬場の筆によって、まさしく不死鳥のように女たちが蘇るのを発見するのである。さらに、この大姫の愛の生き方が、多くの共感のなかで、その後次々に物語られていったことも馬場は告げている。

特徴的なことは、ここで馬場が古代、平安、鎌倉という時代をまたいで、大姫を一貫した女の視点でみつめようとしていることである。それは同時に、歴史のなかでの女のいる場所をみつめることでもあった。「大姫」とは、そのことを考えぬくための場所であったのである。

殺すという力を誇ったさむらいの時代に、なぜ女はもう少し、生むという力を誇ることができなかったのであろう。だが、愛するものを殺される不安とたたかいながら、最も軽い存在として女が生きたこの時代に、ふしぎにも女は再びかの古代的な〈妹の力〉を実感として身内に取り戻していたのではなかろうか。かつて重厚な存在力として確認されていた氏族の大姫の力は、ひとしく、女の力として広がり認識された。

論の終わりに至って馬場は、冒頭の伊邪那岐の大姫に戻るようにして、女の生む、愛するという力を、男の殺す力に対応させている。そして、大姫から一般の女へと重心を広げていく。それはとりもなおさず、馬場が自分自身の場所を、すなわち現代短歌のなかでの女歌人としての自己発見の場所をそこに提示したということでもあろう。

ここに論じられた女の陰翳の深さは、わたしの目に、昭和三十年代の短歌運動の陰翳としだいに重なって映ってくる。それはつづく「定型の中の文体確立の苦悩」のなかで、馬場が岡井隆の『現代短歌入門』に触れながら、短歌の伝統との闘いの苦悩を率直に語っているからでもある。馬場はこのなかで、岡井の伝統との苦闘ぶりを、『無名抄』や『古来風躰抄』や定家や正徹などが繰り返した命題と別のものではないといい、伝統とは決して回帰を指す言葉ではないとも明言する。そして自らを「今日的なことばの修行者」とするのである。古典の何を論じても現代の危機感と通底しているとする馬場の、戦後短歌に賭けた古典往還の意味が、この言葉に凝縮されているのを見ることができるだろう。

それゆえ大姫とは、また歌人馬場あき子の自画像といってもいいであろう。時代や社会の移り変わりに直接かかわらないとされる女の、そして勝者敗者を必要としないといわれる女の、それゆえに一層鋭く時代や社会を逆照射し、みつめかえす力が立ち上がってくる。女は時代の犠牲者であるどころか、超越者でもありうるという、高らかな響きがここにある。

＊

馬場あき子の古典往還を見わたすとき、そこにはおおよそ二つの足場があるだろう。その一つを「大姫考」にみたような政治との接点とするならば、もう一つ大きな部分を占めている足場は、いわゆる民衆との接点であろう。そしてこの後者の部分にかかわりが深いのが歌謡である。わたしは今度「中世歌謡と民衆意識」や、それにつづく評論集『遊狂の花』を読みながら、馬場あき子の歌の源に、こんなにも早くから、こんなにも深く歌謡がかかわっていたことに、今さらながら驚いたのだった。もちろん馬場が能を舞う人であり、謡の詞章や韻律を文字どおり身体化していることは知ってはいたのだが。

「中世歌謡と民衆意識」のなかで、馬場あき子はいちはやく放下僧や居士という特殊な生活階層の人々に注目して、その者たちが伝えた歌謡について論じている。放浪遊芸者の放下僧や、有髪の僧である居士は、いわば中世という時代が生み出した体制離脱者＝公界《くがい》、無縁の者たちである。馬場は、彼らが伝えた遊芸や雑芸のなかにある遊狂の精神に目を向け、遊狂とはもともと世阿弥の言葉であることを指摘しながら、このニヒルに自己放下してひとえに芸に傾き狂っていく心そのものに、中世歌謡の根本的発想があるという。そしてそれを『閑吟集』の歌の読みを通して解明しようとするのである。馬場はこの中世における民衆の意識と歌謡とのかかわりを、評論集『遊狂の花』のなかでさまざまに論点を広げて論じるのだが、それはさらに二十年以上も年月が隔たった後、あらためて『閑吟集を読む』を書くところにまで脈々とつながっていくのである。

いま、たとえば『遊狂の花』の「醒めたる狂気の極」より、こういう二つの部分を抜き出してみる。

遊狂精神とは、つまり放下の精神なのであり、現実に執着せず、世を軽くいなして生きる生き方である。それは平安以来の文学伝統としてあったしみじみと身にしみる〈あはれ〉の物思いに対する新しい思潮である。

〈遊狂〉とは、大なり小なり、卑賤と高貴との一線を境として成り立つ、きわめて中世的な方法であり哲学であった。しかし、下落した現実が悲哀であればあるだけ、高い矜持が求められた中世芸能者の世界とは、決していまはじまったものなどではない。それはむしろ、みきわめることも困難になった長い長い圧殺の時間のはてに、ようやくにして陽の目に浮かび上がった賤民の心意気である。

無縁者の世間を放下した生き方から遊狂という思想を抽出して、馬場はそれを〈あはれ〉に代わる中世の思潮と位置づける。そして『閑吟集』の、「何せうぞくすんで　一期は夢よ　ただ狂へ」「世間はちろりに過ぎる　ちろりちろり」「笹の葉に置く露のまに　味気なの世や」などの歌から詞を的確に押えて、一切を自然に、または〈無〉の一字に集約する中世の哲学として明らかにする。人間の生き方から思想へ、思想から言葉へ、そしてまた思想へと往復しながら馬場の目はつねに時代を生きた人間の思想と文体とのかかわりに収束するのである。中世におけるどのような生き方や風俗がどのような思想をあらわし、どのような表現をもったのか、一つの時代を嚙みくだき腑分けしていくその手腕は馬場独自のものだ。それは多く思想や文体の型の解明であるが、中世の魅力とは、いわば、そういう型の魅力といってもいいのである。

振り返ってみれば昭和四十年代当時の中世論とは、おおむね型、つまり様式の解明にあったように思う。たとえば数寄、すさび、さび、風狂、無常などという時代性の濃く匂う言葉から、中世の精神や思想の型を明らかにしていくものが多かった。それはおそらく、様式を失った近代という時代への反措定でもあったのだろう。古びた様式を捨てて個人に限りない価値を置いた近代が、やがてその空虚さにおびえ、様式喪失の影を負いはじめる。そんな不安が当時の中世再考の奥に潜んでいたのではなかったか。

馬場は、遊狂という思想をまず中世の核に据えるが、さらに痩と婆娑羅、憂き世と浮き世、よそ、などという言葉からも、中世の美意識や思想に迫っていく。それらの検証に当たっては、自身の内に身体化された能芸がつねに大きな役割を果たし、立論は必ず歌謡の文体に戻って肉づけされる。馬場の方法の特徴がそこにあり、そうしていくたびも論を重ねながら、しだいに馬場自身の中世を太らせていくのである。

先に引いた「醒めたる狂気の極」の終わりにおいて、馬場は、中世芸能にみた遊狂の精神を卑賤と高貴との一線を境に成り立っている哲学といい、さらに、みきわめることも困難になった長い長い圧殺の時間のはてにようやく浮かび上がった〈賤民の心意気〉と結語する。ここはおそらく、馬場の筆力が最もこもっているところではあるまいか。さらにいえば、馬場の文章にはしばしば〈反体制〉〈疎外〉という言葉があらわれているが、そのような〈疎外〉を軸にした民衆の発見とそのイデオロギー化にも、馬場における中世論の一つの根幹をみることもできるだろう。そして同時に、そこには昭和四十年代当時の政治思潮が色濃くにじんでいるのをたしかめることもできるだろう。

中世芸能の担い手が公界《くがい》衆、無縁衆と呼ばれる卑賤の者たちであったことは、たとえば網野善彦の『無縁・公界・楽』などによっても知ることができる。彼らは〈有〉の世界の法や制度から全く切れた場で暮らす卑賤の身分の民であったが、それゆえに卑賤の身分と引き替えの自立自由をも手にしていた。彼らは権力の傍らの反権力、日常の傍らの非日常的存在であった。賤を貴に、無を有に、憂き世を浮き世に逆転させる回路は、実は彼らの存在そのもののなかにあったのである。時代の思潮をも率いた彼らの強烈なエネルギーは、逆にいえば当時の社会のなかに、そういう公界、無縁の衆が生きられる余裕がまだ多くあったことを何よりもよく証明している。そして芸能こそ彼らが貴人たちと並んで、いやむしろ優位の座に立つことができる最大の場であった。支配体制が強力になる近世以前の、民衆のエネルギーの渦がそこにみえる。

そのことを馬場は自家薬籠中の能を通して、いちはやく理解していたのではなかったか。馬場の歌が、一方で歴史観や古典に深く根ざした知的な世界でありながら、同時に強い現実感をもち、大衆にしみこんでいく明快な情念と韻律の力を備えている秘密も、ここにいう中世芸能と通底しているためであることはいうまでもないだろう。

＊

『閑吟集を読む』は平成八（一九九六）年に出版された。これは昭和五十四（一九七九）年放送のＮＨＫラジオ「古典講読」に大幅な加筆と改訂を加えたものだが、そのルーツは早く、『大姫考』のなかの「中世歌謡と民衆意識」にまで遡ることができる。この、『閑吟集を読む』には、馬場の歌人としての愛着と読みの深さが浸透していることはもちろんだが、その文章もまた、まさに歌謡の読みにふさわしく、軽やかで楽しい。

花の錦の下紐は　解けてなかなかよしなや　柳の糸の乱れ心　いつ忘れうぞ　寝乱れ髪の面影

『閑吟集を読む』における馬場の歌の読みがいかに深く、生きた魅力をもっているかは、それこそ冒頭の歌の解説をみれば一目瞭然である。『閑吟集』巻頭のこの歌について、馬場はまず出だしの「花の」という言葉の独自な分析をする。この「花の」によって、男女の夜の下紐のイメージは、花の紐つまり花がほころび開く春の開花のイメージとして提供され、錦という豪華すぎて嫌な言葉のイメージが一変するというのである。その一変する言葉の秘密についてさらに詳しく分析していた「中世歌謡と民衆意識」の文章をわたしは忘れることができない。

ここにある「花の」という修飾は「花の東京」などという通俗的華やかさを添えるためのことばとは大いにちがっている。「花の錦」といういい方は、むしろ「錦」そのもののイメージがもつ豪華な通俗性を、空無に帰する消却性をこそ持たされているのであり、その華麗な否定法の効果をここに評価すべきだと思うのである。「花」という華麗なことばによって「錦」の華麗を相殺し、空無化することによって、はじめて洒脱な遊狂精神の詩化は遂げられたのである。そしてこのことは、貧寒たる庶民の生活現実からの精神的飛躍を可能にするとともに、意識的な文雅の隠士たちの階級転出ということを、二つながら同時に果たし、歌謡ならではの世界を盛り上げている。

「花の」は、錦という言葉の通俗性を空無に帰する消却性をもっているという。いいかえれば、言葉の俗な日常性をふっと消して、ゆめ、まぼろしの世界に変えるのが「花の」の力だというのである。日常界から反日常の詩や遊狂の世界への階級転出を、軽やかに平易に遊びのように果たす歌謡の本質を、ここでみごとにいい切っている。ちなみにこの「花の」の解釈について、二、三他の注釈書の類を覗いてみれば、「花の錦は下紐の序詞で柳の糸と対であり、解くにつづけて開花の心をここに持たせた」とか、「全体を春の暗喩のようにもみせて、男の恋のもの思いの歌として広く流行した」というような解釈で終わっているのがほとんどだ。馬場の読みは、古典の注釈にとどまらない、歌謡性をめぐるまさしく現代歌人の分析なのである。

歌人馬場あき子にもどっていえば、これまで多くの歌集のなかでもとくに『閑吟集』とかかわりの深い歌集として、平成八（一九九六）年出版の『飛種』をあげないわけにはいかない。『飛種』の歌謡性について、すでにわたしは〈うたうことば〉といういい方で論じたことがあるのだが、いまこうして馬場の中世論と歌謡論を読み通してみるとき、そのつながりの深さをあらためて納得する。たとえばそのとき、わたしはこういう歌について、こんなことを述べていたのである。

たのしくなき明日をたのみて咲く花ありああ浜松の音はざざんざ
心なし愛なし子なし人でなしなしとなしといふことといへばさはやか　『飛種』

〈うたうことば〉の特徴といえば、何よりもまず調子のよさ、明るいリズムなど、言葉の音そのもののおもしろさと平易さである。思わず口にしてみたくなるような、浮き立たせ、囃し立てる言葉の力。発語する作者の内面は意外に深く暗いのだが、その根暗さは却って強力なバネとなって、挑発し、囃し、心を外に解き放つ。たとえば「たのしくなき明日をたのみて咲く花あり」という上句と、下句の「浜松の音はざざんざ」との間に、どんな脈絡があるというのだろう。むしろ意味の上からは最も遠い下句だ。だがそれは、作者の内面を映してまとまろうとする上句の言葉の秩序を、揺るがし、別の時空に移す。つまり、この上句と下句は、「ああ」という深い詠嘆によって結ばれると同時に、その場面を切り替えられる。言葉の時空が異化されるのである。そうすることによって内面表現の閉塞感がふっと抜け、波の音のような「ざざんざ」という音そのものが、世界となって響くのだ。

これはまた、「言葉の空無化」「華麗な否定法の効果」という表現で馬場がいっていたことなのであった。そうして馬場の中で培われていた歌謡論が、永い時間を隔てて後年の作品に色濃くあらわれる。その遥けさに、わたしは目眩めく思いがする。

歌はいま口語の時代だともいう。そういう時代にむしろ真向かうように、馬場は今日の口語を洗練し、美しく韻律化することの可能性を求めているようだ。かつて馬場は、中世とは言葉の坩堝の時代であるといった。その言葉に倣っていえば、放恣に、飽くなく、歌を求める貪婪なエネルギーそのものである馬場あき子の一身こそ、まさに言葉の坩堝というべきであろう。

Ⅱ

前 登志夫

転生する風景——樹の歌をめぐって

前登志夫の「樹」の歌が、わたしの中で再び気にかかりはじめたのはいつごろからであったか。それは戦後七十年という時間の経過を重く感じはじめたことと関わりがあっただろうか。終戦の年に生まれたわたしには戦争の直接的な記憶があるわけではない。だが、おそらく、年齢とともに自分の心や生活が変化してきた証拠なのだろう。あの敗戦を体験し、生きてきた人たちの歌や、現在を語る言葉が、わたしの中でしだいに大切になってきたのである。

二〇一二(平成二十四)年の四月の中頃、奈良市音声館のギャラリーで、「さくらのころにゆきしうたびと」という名の前登志夫回顧展があった。主催は「前登志夫を偲ぶ会」で、その年は第二回目であった。わたしはその時たまたま奈良に行っており、偶然に見ることができたのだった。

会場に入ると、前登志夫の歌二十五首と、その歌の短い鑑賞文が、大きな風景写真のパネルとともに展示されていた。歌の一首一首が写真との相乗効果によってより鮮明になり、たんに歌を文字で読んでいるのとは違った表情にみえた。一つの歌が抱えている意味や世界が、いきいきと山や樹や獣の景色として広がり、じつに新鮮だったのである。大きな展示会場であったわけではないが、歌われている自然にむかって、窓がいくつも開かれているような印象に心が弾んだのである。

歌と写真とによる、このような形の鑑賞本があったら楽しそうだなと思いながら、自分ならどんな歌を、どんな景色を選ぶだろうかと想像した。なかでも樹の歌はと、すぐに好きな歌をいくつか思い浮かべたが、そのとき前登志夫の歌の中では、多くの樹に具体的な姿がないことをあらためて思ったのである。つまり、前登志夫自らが「異常噴火」といったあの突発的第一首としての樹の歌、「かなしみは明るさゆゑにきたりけり一本の樹の翳らひにけり」をはじめとして、歌の中の樹には往々にしてその名前がないのである。

「山人」の生を貫いたこの歌人には、いうまでもなく樹の歌は多い。吉野は生地であるから、むろん桜はもっとも多く、意識的に歌われ、つづいて杉、檜、槇、木斛、梅、朴、大山蓮華などの樹々が、年々歳々くりかえし歌われている。歌人が深くなじんだ樹々といっていいのだろうが、しかし、歌にあらわれる樹の世界は単純ではない。そこには見えるがままに描写した歌など全くないといってもよく、歌人の内面と感性的に結びついた樹のみが立っている。前登志夫にとって「樹」とはいったい何だったのか。

吐き棄つる種《たね》つややけき枇杷食めば夕やみの死者ら樹を搖さぶれり　『靈異記』

第二歌集『靈異記』の「罪打ちゐたれ」一連の中にある一首である。そしてここでは「樹」を揺さぶる死者がいる。

この一首がわたしの記憶に強く残っているのは、「夕やみの死者」たちが「樹を搖さぶ」っているという情景の特異さもさることながら、もうひとつには、わたしの回想の中の枇杷の種のつややかさのためである。房州は枇杷の産地といわれるように、わたしの子供時代の生地では多くの家に枇杷の木があった。初夏の枇杷の実は秋の柿の実と並んで、子供の大切なおやつであった。吐き棄てる枇杷の大きな「つややけき」「種」は、そうした子供時代の記憶を鮮烈に揺すぶったのである。

しかしながら、この歌は枇杷の樹が中心をなしているわけではない。「夕やみの死者」が揺すっているのが枇杷の樹かどうか判然としないからである。しかしこの歌の印象の鮮やかさは、いうまでもなく、「吐き棄つる種つややけき」と「夕やみの死者ら樹を搖さぶれり」という現象が「枇杷」の樹でつながっていることにあり、そしてそのことが、日常空間にある不可視のエネルギーの存在を知らしめたことにあるだろう。歌人に合図を送っている死者の気配の濃さが、枇杷の種のつややかな輝きと正確に照応しているからである。生者は地上に枇杷の種を吐き、死者は空中で樹を揺する。生と死の混交した初夏の空気——明るく、湿った初夏の夕暮れの空気が、樹を仲立ちにして充満しているのである。

樹と死者の結びつきは、すでに第一歌集からあった。

死者も樹も垂直に生ふる場所を過ぎこぼしきたれるは木の實か罪か　『子午線の繭』
嘆かへば鉾立つ杉の蒼蒼と炎《ほむら》をなしき、死者は稚し
血の渇きもたざる死者のゆさゆさと樹を搖さぶれりわが苦しみに

死者たちは、ここでも樹を揺さぶったり、木の実をこぼしたりしている。一首目の樹は「垂直」とあるのでやはり杉であろうか。死者たちには「稚し」とあるように、永遠に年をとらない表情がある。そして歌の中の「われ」は、死者たちのみずみずしい（何と反語的であることか）気配に照らし出されるように、自身の「罪」や「嘆き」や「血の渇き」や「苦しみ」という内面を強く意識する。それは言いかえれば、時代と逆行するように故郷の山村へ定住することへの軋みや呻きであったろうし、また戦後の国や人間の行方への危機感でもあっただろう。樹はそのような作者の内面を一身に担いながら、それを超える世界への戸口として存在したのではなかったか。

ありていにいえば、前登志夫と樹とのかかわりには、〈私〉の時間空間を超えた因縁の深さがあるようである。そして、それにつづくのはいうまでもなく桜である。

さくら咲くその花影の水に研ぐ夢やはらかし朝《あした》の斧は
血縁《けちえん》のふるき斧研ぐ朝朝のさくらのしたに死者も競へり
われの日の柩にせむと春植ゑし待たれつつ生ふる檜なりにし
みなぎらふひかりの瀧《たぎ》にうたれをるみそぎの死者は梢《うれ》わたるかな

第二歌集『靈異記』を代表するこの美しい桜の一首には、古典的なイメージや物語や夢がゆたかに孕まれている。注目すべきは、そのような浪漫的時空と現実生活の「斧」とが結ばれていることだ。これより先、歌人は故郷定住を決意し、家族をもつのだが、それを反映して歌の中の樹には作者の暮らしという根の深さが加わっていく。たとえば「さくら」には「血縁」が、「檜」には「柩」という言葉が結ばれているように。その中で死者の気配はいっそう濃密になってくる。

ところで、ものの本によれば、〈樹〉というものは生きている細胞と死んだ細胞とで構成されている生物であるという。たしかに樹芯が枯れて空洞になっても平気で生きている樹の姿は誰でも目にしているだろう。読みかじりの知識をそのまま記すのは気がひけるのだが、それを読んだとき前登志夫の樹の歌が重なって見えてきて、私は深く納得したのである。〈樹〉は、生と死が一つになった生き物、死を抱えた生である。まさしく前登志夫の歌の樹の姿そのものではないか。

山の樹に白き花咲きをみなごの生まれ來につる、ほとぞかなしき　『縄文紀』
草萌えろ、木の芽も萌えろ、すんすんと春あけぼのの摩羅のさやけさ　『樹下集』
ふるくにのゆふべを匂ふ山櫻わが殺《あや》めたるもののしづけさ　『青童子』
橡《つるばみ》のあかるき空洞《うろ》を覗きをりかすかに呆《ほ》けてゆくもたのしも　『流轉』
夜の庭の木斛《もくこく》の木に啼くよだか闇蒼くしてわたくし見えず
鳥總立《とぶさだて》せし父祖《おほちち》よ、木を伐りし切株に置けば王のみ首《しるし》　『鳥總立』
わが睡るねむりの上に生ゆる木のこずゑの鳥總《とぶさ》風を孕めり　『大空の干瀬』
屍骸《しかばね》となりゆくわれにふる花のやまざくらこそ遠く眺むれ　『野生の聲』

『靈異記』以降の歌集の中から、生―死―再生の思想がよく見える歌を並べてみた。「をみなご」の誕生を祝う「山の樹」の清純きわまりない「白き花」をはじめ、縄文人のように春の草木の芽吹きを歓喜する生命躍動の歌。さらに樹は、「呆《ほ》け」や「わたくし見えず」というように、自我を限りなく小さく、希薄にすることで、逆説的に生命の限界を解き放ち、宇宙へと結ぶ仲立ちとして歌われている。六首目の「鳥總立《とぶさだて》」とは、山人たちが樹木を伐った切り株に、その梢の穂先＝「鳥總」を立てて鎮魂と再生を祈る儀式のことだが、歌人はその「鳥總」を自身の「ねむりの上」に立てて生命の再生を願う。「こずゑの鳥總風を孕めり」という死からの再生のイメージは、なんと爽やかで、優しい誘いだろうか。そして最晩年の「屍骸となりゆくわれ」にふる「やまざくら」の静かさと、それを遠望する歌人の視線。ここにまさしく、この歌人と吉野との究極の姿がある。

それは『青童子』の中の謎めいた一首、「ふるくにのゆふべを匂ふ山櫻わが殺めたるもののしづけさ」にも通じているものだろう。山桜の匂いが思い起こさせた「わが殺めたるもの」とは何なのか。歌の中にははっきり語られてはいないのだが、それは夢という他ないものだろうか。あるいは、おまえは人を殺めたことはなかったかという内なる声、つまり無意識のうちに背負ってしまった罪なのだろうか。かつて『子午線の繭』の中にしばしば歌われていた「罪」が、こんな形で歌人の生涯に潜み、成熟しつづけていることにもわたしは驚くのである。

この歌の発想のもとには、梶井基次郎のあの「櫻の樹の下には屍体《したい》が埋まっている」というイメージがあったのかもしれない。しかし、梶井の桜はにぎやかな花見の桜だ。おそらく染井吉野だろう。比べて前登志夫の桜は吉野の山桜である。ひっそりと孤独なその表情はむしろ西行に通じ、にぎやかな花見の表情からは遠い。さまざまのことを読者に思わせながら、しかし、歌は口を閉ざすように結句の四文字の「しづけさ」で収めてしまう。それゆえ謎がいよいよ深まるばかりか、吉野という地下の世界にまで下降していく気配を濃厚に漂わせるのである。

そこでは「しづけさ」という言葉——つまり、それ以上に意味の広がりを持たない言葉が、「われ」の転位をうながしていく。歌人はそれを、「ことばの転生」とも呼んでいるのだが、そこにはおそらく、古国の夕べの山桜の匂う「しづけさ」の中で、日本という自然や歴史の転生をみつめている歌人の姿を見出すことができるであろう。

最後に、前登志夫にとってまさしく「夢」のあらわれのような樹の花、朴と大山蓮華の二つの白い花を上げておきたい。

見残せし夢のたぐひか家出でて朴《ほほ》の花咲くかたはらに來《こ》し　『靈異記』
山霧のいくたび湧きてかくるらむ大山蓮華《おほやまれんげ》夢にひらけり　『樹下集』

百合と地図

百合峠越え來しまひるどの地圖もその空間をいまだに知らず　『鳥總立』

百合峠、美しい命名である。百合は山百合か笹百合か。前登志夫の家の近くの峠には、夏になると白い花房をふさふさとつける百合の群落があるのだろう。近くに住む人たちからそう呼び慣らされてきたものか。前自身がつけた名だろうか。百合の強い花の香につつまれた峠と聞くだけでも、幻想的な浪漫の気配が漂ってくるが、歌人はいま密かにそこを越えて来たのだという。どの地図も知らないというその空間を。では、その空間＝峠を越えて、歌人はどんな地へ踏み入ったというのだろうか。

歌には「どの地圖もその空閒をいまだに知らず」とある。つまり、そこは「地圖」とは関わりのない領域、人間の作った便宜的な図式ではとらえられない領域ということなのだろう。歌人の脚はそこへ踏み入る。夏の真昼の陽射しと、百合の強い匂いと、峠の静寂とが重なる地点で、自身の存在さえ幻影化されるようなくらくらとした感覚とともに、一つの領域を超える体験をするのである。そのときの鮮烈な生の恍惚感と畏れ――この一首はおそらくそのことを伝えているのだ。

花と峠といえば、わたしの想像はさらに広がって、たとえばあの迢空の有名な一首が思い浮かぶ。

葛の花　踏みしだかれて、色あたらし。この山道を行きし人あり　　釋　迢空

『海やまのあひだ』の名高い一首である。歌われているのは同じような山中の単独行の場面。そこで出会った花に濃いエロスが漂っていることも共通しているだろう。だが二つの歌の違いも大きい。

たとえば、迢空の歌の「葛の花」と「道」と「人」は、前登志夫の歌でいえば「百合」と「空間」と「地圖」ということになろうか。ただし前登志夫の歌には、迢空がひそかに感受している「行きし人」との繋がりがない。いや、「道」すらもなく、ただ「空間」があるのみだ。峠とはいうものの、そこは「地圖」という計測可能な現実空間とは関わりのない、いわば非在の場所の気配が濃厚なのだ。二人の歌人は同じように社会の制度や文明から外れた領域に踏み入りながらも、それぞれが抱く世界には歴然とした違いがあるようだ。あるいはそれを、近代と現代の違いといってもいいだろうか。

ところで、前登志夫の小説集『森の時間』（一九九一刊）の中に、「さゆりの花は人死なしめむ」という一篇がある。百合峠を舞台とした物語なのだが、それによると、「百合峠」は「妙見さんの叢祠のある小さな峠」で、梅雨明けの頃よりささゆりが多く咲くので、「いつからかわたしは百合峠と名づけている」とある。

『森の時間』には、「わたし」と村人をめぐって、現実のような、また民話のような物語が、過去・現在という時間の境を無化しながら繰り広げられている。その中で「百合峠」と名付けたのは「わたし」であるが、それにつづけて村人の太造の言葉としてこんなことが書かれている。

「この峠には、ふしぎな情緒がありますね。ふつうの峠が単に稜線を越えるだけなのにくらべ、妙見山の首をぐるっと巻くようにして越えています。なだらかな峠ですけれど、眺望にも変化があり、なんとなく旋律がきこえてきそうなんですね」

「この峠の中腹に、北斗七星の神様である妙見さんのいられるのも面白いですね」。

「小さな参詣曼陀羅の構図ともいえますし、百合峠は、ちょっとした夢の回路みたいな風情がありますから…」。

「旋律」、「北斗七星」、「参詣曼陀羅」、そして「夢の回路」など、峠の説明としては謎めいた浪漫的な言葉がつぎつぎと繰り出されていて、現実のイメージからはいよいよ遠ざかるばかりである。そして峠にはもう一つの物語として、聾啞の「おしぼう」が美しい女教師を襲った事件が重ねられてもいる。歌人が命名した百合峠は、山百合であれ、ささゆりであれ、その濃厚な花の香りゆえにエロスの炎たつ性域でもあるようだ。

一つの風景が誘い出す「歌」と「語り」では、いうまでもなく「語り」の方が人間臭い。冒頭の歌をもう一度振り返ってみれば、あの百合峠には日常的な人間臭さを振り払って、時間も空間も吸い込んでしまった異界の気配がする。そうした非在空間に呪と魔力を見るというのは、いってみれば前登志夫の文学の位相そのものだろう。自然の神秘に感応し、その交感と官能の中から迸り出る言葉であり、しかも物語の生成をうながす言葉ともいおうか。

地図といえば、わたしが前登志夫の歌を初めて知った頃（もう三十年以上昔のことになるが）、第一歌集『子午線の繭』に心惹かれた理由の一つに、歌われている地の〈地図が書ける〉ということがあった。その頃のわたしは現代短歌に全く無知であったが、小説やファンタジーの類には大いに親しんでいた。わたしが『子午線の繭』に、架空空間とリアルな感覚とが混在する魅力を読み取ったのは、おそらくそのせいであったのだろう。ファンタジーには物語られる世界の地図が必ず付いているものだ。そして『子午線の繭』には、こんな歌が並んでいたのである。

野の涯を幾めぐりする朱鷺《とき》色の電車の音や受胎《みごもり》の息
崖に着く茸の驛に手をあげて無に發《た》たしめき帽赤きもの
もの音は樹木の耳に藏《しま》はれて月よみの谿をのぼるさかなよ
けものみちひそかに折れる山の上《へ》にそこよりゆけぬ場所を知りたり
崖の上《へ》にピアノをきかむ星の夜の羚羊《かもしか》は跳べリボンとなりて
空にきく雲雀の聲よわが額《ぬか》に千の巣を編む翔ぶもののこゑ
森過ぎて來《こ》し旅人の蒼白を朝《あした》の鋼鐵《はがね》打ちて迎ふる

このような歌が、たとえば「森の出口にもう人のゐない鍛冶屋の跡がある。村はそのむかうにあつた。」というような暗示的な言葉とともにあったのである。野や森や、崖や水分などという自然や地形が、現実としても、寓意としても生きている歌に、わたしは新しい宇宙観を感じていたのである。第一歌集『子午線の繭』の初めの部分、おもに第一章「樹」から第二章「オルフォイスの地方」にかけての魅力がこれであった。歌集はそのあと、周知のように、この歌人独自の「交靈」の世界へと展開、深化を果たしていく。吉野という地の奥深い時空に潜航しつつ、樹と、川と、谷と、獣と、神との独特な交通を果たす強烈な歌の力に惹きつけられながら、同時にわたしは、そこがしだいに地図の書けない世界に変容していくことに気づいていたのである。

暗道《くらみち》のわれの歩みにまつはれる螢ありわれはいかなる河か
水分《みくまり》にわれの墓あれ　村七つ、七つの音の相寄る處
ふかぶかと睡れる妻とひと谷の叫喚《おらび》を聽けり夜のみなかみ

ここにある河や水分や谷は、いうなれば垂直の時空だ。垂直しかない、ともいえるだろうか。歌とは、あるいは歌の時空とは、地図的な平面とは関わりがない、ということなのかもしれない。『子午線の繭』からおよそ三十年後の第五歌集『鳥獸蟲魚』の中にこんな地図の一首がある。

木の空洞《うろ》に匿しおきたる森の地圖紅葉《こうえふ》せむか街も夕燒け

山上の夢、無時間のわれ――『流轉』を読む

1

歌集『流轉』を読みながら、わたしは久しぶりに吉野を歩きたい誘惑に駆られた。前登志夫の歌をたずさえて吉野を歩いた日々が蘇ったのだ。『流轉』の歌と重なって、初期の頃の歌がわたしのなかにたびたび立ち上がって来たからである。

かつてわたしは、第一歌集『子午線の繭』の特徴として、前登志夫の歌には地図が欠ける空間があるといったことがある。言葉で創られた領域が一つの肉体をもって立ち上がってくることを、短歌では稀な魅力と思ったのだ。わたしは幻の地図に呼ばれるように吉野へ向かい、『子午線の繭』への入口や、『靈異記』へのタイムトンネルをもとめて歩き回った。初期の歌集には歌の領域へ読者を呼び込むための、それなりの仕掛けがあることは感じていた。いや、それは読者のためというよりも、前自身にとって必要な仕掛け、まじないのような儀礼であったのかもしれないが。

たとえば『子午線の繭』のどの歌でもいい、ちょっと振り返ってみれば、そうした仕掛けに

すぐ出会う。

崖づたふ夜の電車にひとり酔ふ離れゆく都市はすでに崖《きりぎし》
死者も樹も垂直に生ふる場所を過ぎこぼしきたれるは木の實か罪か
夕闇にまぎれて村に近づけば盗賊のごとくわれは華やぐ

崖や村の向こうに広がる死者と樹の異域に踏み込むときの強い意識が明らかだ。酔いという身体的な準備、罪や盗賊という心理的防備がなければならないほど、つまり、素面では踏み入れないほどに、向かう異域の威圧感も抵抗感も、またそれゆえの魅惑も大きかったということだろう。現実の場と異域との間の落差＝境界は、それを犯し、超え行く者の自意識が強ければ強いほど輝き、また華やぐ。前はそうして都市と村との境界を、あたかもそれが実在するもののように視覚化し、交通してみせた。彼が伝える異域への道標を辿るように、わたしもまた崖や峠やけものみちや村をもとめ歩いたのである。

2

だが『流轉』では現実と異域との境界は、もはやどこかわからないほどだ。それは冒頭からたっぷりと異域のただなかにいるようである。

夜の庭の木斛《もくこく》の木に啼くよだか闇蒼くしてわたくし見えず

夜の庭の木によだかが啼いている。姿は見えずキュキュと声だけが響く。「闇蒼く」とあるので春であろうか。籠った空気が伝わってくるが、それは「木斛の木」や「よだか」の印象によるものだろうか。あるいは「わたくし見えず」という不明瞭な視界を伝える言葉のためだろうか。そうして「わたくし」とは誰のことなのだろう。

よだかは夜の鳥。昼間は眠り、夕方になると活動しはじめ、蛾などの昆虫を取って食べる。飛ぶさまは意外に素早く、鷹を思わせるが、どう見ても見栄えのする鳥ではない。地味な褐色をしている上に、木の枝にぴたりと平行に止まるので、闇にまぎれやすく、なかなか姿を見つけられない鳥でもある。「わたくし見えず」と呟いているのは、このよだかかもしれない。

ところで木斛といえば、前登志夫の歌のなかにいくつか見出すことができる。

木斛《もくこく》の冬の葉むらに身を隠れわが縄文の泪垂り來る

『靈異記』のなかの歌である。木斛の葉むらと縄文の泪との関わりを正確に解明するのは難しいが、作者の壮年の日の自画像をみることは、それほど難しいことではないだろう。木斛の暗い葉陰から縄文人の眼光をもって見返してくる「われ」。この「われ」を遠景に置けばよだかは作者のいま現在の自画像のようにも見えてくる。だが、それだけではおそらく十分ではない。よだかは同時に、縄文からの生き残りの生き物や、蒼古とした森の気配や、死者たちの魂などを含む〈あるもの〉であろう。あるいはそれらのいずれであってもいいであろう。要は、歌のなかの自己の輪郭がそのように膨らんで見えるということにある。自分探しの名残はあるものの『靈異記』にあった泪も異和もここにはなく、「わたくし」はぼんやりと膨らんで、ただ夜の蒼い闇とよだかの気配が濃厚なのである。

ここでは、個我の輪郭が夜闇と半ば同化してしまっている。さらに「わたくし見えず」といいながら、そのモノローグにもつよい悲愴感はない。むしろ自己意識の曖昧さに自分自身が呆然としているおかしさや、とぼけたユーモアや哀愁が顕著である。わたしはここに前登志夫の現在の歌の姿を見ながら、柔和な個我意識がもたらす世界のやわらかさに救われる。

自意識が稀薄になることと世界が広がっていくこととは、おそらく密接に関わっているのだろう。先にわたしは「闇蒼くしてわたくし見えず」と呟くのは、よだかかもしれないといった。呟きが作者自身の述懐というよりも、何かもっと遠い地点から、いわば自然の奥深くから響く声のように感じられるからだ。この声の感触をもう少し追ってみよう。

近山の梟の啼く夜となりぬまさしくわれはこの山に棲む
春の日に石龜來つるこの山にわが三人子《みたりご》はかへりきたらず
人おもふこころ清かれわが谷をのぼる石龜に出逢ひたる今日《けふ》
山人《やまびと》とわが名呼ばれむ萬綠のひかりの瀧にながく漂ふ
かぎりなくやさしく生きよ山ふかく朴の芽吹きをひと日見守《まも》りぬ

一首目で梟の声を聞きながら「まさしくわれはこの山に棲む」と述懐するこの「われ」を作者自身と読むのは自然であるが、だがわたしには、このことばが梟の名乗りのようにも聞こえてくる。そうして「われ」と梟の顔がいつの間にか重なってしまう。石亀の歌でも同じである。「この山にわが三人子はかへりきたらず」ということばが、ふと石亀の台詞のようにも聞こえ、ここでは石亀の顔の「われ」が見えてくるというおかしさ——むろん錯覚ではあろう。だが、一首のなかの声がいつの間にか異化して、「われ」の声なのかよだかや石亀の声なのか、区別を意識する必要がないように感じるのは何故なのか。あるいは「山人とわが名呼ばれむ」「人おもふこころ清かれ」「かぎりなくやさしく生きよ」というような、作者の確固とした志を表明することばが、むしろやわらかく、山河の声そのもののように響くのは何故なのか。

それは、「われ」「わが」「わたくし」という個我をあらわすことばの響きが穏やかなところからくる。山河の側にやすやすと身を委ねた個我は、もはや山河の気と同質といってもいい。さらに次の歌には透明人間に近い「われ」さえ見える。

橡《つるばみ》のあかるき空洞《うろ》を覗きをりかすかに呆《ほ》けてゆくもたのしも
引窗の下に坐りてひもすがらぼんやりとして透けてゆくなり

「かすかに呆けて」「ぼんやりとして透けて」いく存在感は、むろん老齢意識の一つのあらわれではあろう。だがこれらの歌からは老による人生的な哀歓よりも、むしろ自我意識が稀薄になり、輪郭が透けていく明るさの方が強く伝わってくる。時間意識の緊縛を解かれ無時間の軽さゆえに得た老齢を、恩寵としてたのしげに伝えること。その無時間の空洞に殺到する天地の光と影、気配や匂い、そして夢。

3

わたしたちが時を超えられないのは、個我＝パーソナリティをもっているからだというのは、イギリスのローマン派詩人ワーズワースのことばであった。地上における永遠世界を山上に創造したこの詩人は、個我つまり自意識がかぎりない永遠のなかに没するとき、わたしたちは時の枠のなかにいながら、一瞬なりとも永遠を実現し、視覚しうるといった。むろんわたしは西洋の詩人と東洋の歌人の自然観が単純に重ならないことは承知している。『流轉』にはその歌集名が語るように、自然を流転、流離という相にとらえて、その多様性や多変性のなかに己の生を順応させる日本的自然観が明らかにあるだろう。日本の伝統では人間よりむしろ自然の方が主であって、人間が自然の法則性を見出して支配する西洋の形とは大きく違う。にも関わらず、わたしがここでワーズワースを思い出したのは、『流轉』を読みつつ、「山」という時空の光量にあらためて打たれたからである。そして個我の描線を薄くすることと永遠の時空を得ることとの関わりをそこに見たからでもある。『流轉』にある世界のやわらかさや澄明な愛の思想は、まぎれもなく、一種の透明人間に近い稀薄な個我が創りあげた「山上」というピュアな時空の魅力である。

わたしは、かつて前が「虚の空間」ということばで個我と永遠の関係について語っていたのを思い出す。『流轉』の歌々は、その「虚の空間」をめぐる生命力の謎にまさしく突き刺さっている。

全山をゆるがせて鳴くかなかなよ星のひかりを消してゆくのか
古妻《ふるづま》にもの言ひをれば向う山に四月をはりの山櫻咲く

山百合の花粉にまみれし腕《かひな》もて夏の巖《いはほ》を押してみるかな
肉太にひと戀ふる歌書きをれば怒濤となりぬ春のやまなみ
ほのかなる山姥となりしわが妻と秋咲く花のたねを蒔くなり
世をうとみ山にかへれば勾玉のごとくに屈み睡りゐる妻
雨の間《ま》の栗の林にもの思へば朽ちたる栗の實は散らばれり
山住みのこの單純に歌あれと野花の蝶を空にばら撒く
翡翠《かはせみ》の巣穴をながく目守りゐて夕闇を曳く川となりたり

山の歌の魅力を拾い出せば切りがない。どの歌も自然体のように歌われている。ことばは平易で、仕掛けや装いがとくにあるわけではない。そして、もはや「吉野」である必要さえないようだ。歌は時や場の限定から逃れて単純化され、いずれも穏やかな山人の日常詠に見えながら、しかし、歌に流れている時間の表情は尋常ではない。たとえば「古妻《ふるづま》にもの言ひをれば」や「雨の間《ま》の栗の林に」の一首に流れている時間の遥けさ、深さをどう説明したらいいのだろう。ここには時計が刻むような時間の区切り＝境がない。一首のなかで時間は今とも昔とも、あるいは一瞬とも永遠とも変わる。わたしは先に声の異化ということをいったが、ここでは時間が異化されているだろう。しかも異化の痕跡もわからないほど自然に、現と夢とがオパール玉のように交じりあって、そこに不思議なほど静謐な生命が充ちている。

最終歌の「翡翠《かはせみ》の巣穴」とは、夢の源のことであろうか。美しく、素早い、一瞬の夢のような翡翠を見ようと川辺に坐りつづけて、いつしか自分が川になってしまったという。「われ」が消えてゆくことと引き替えに、身体には川音がなだれ入り、山河の気息が充ちる。ここにおそらく、前登志夫の現在の交霊が渦巻いているのだろう。

山なみが揺れ、翡翠がきらめき、山百合が咲く地。山河のやわらかいエロスとおおらかなユーモアが充ちる無時間の時。だが、それは決して遠い別世界や老の桃源郷などではない。日常のすぐ裏だ。日常というドアをパタンと返してみよ、事実のリアリティと想像のリアリティとどちらに真実があるか、表裏はわからないと前登志夫はいうだろう。『流轉』にあるのは、彼の並外れた現実異化能力による、無時間のやさしさに充ちた生の天地にほかならない。

喩の変貌――呪から惚けへ

1. あな！ といふ声

秋のはじめ、タイに短い旅をした。折からタイは雨季にあたっており、湿りをふくんだ熱い空の下を褐色の河がなめらかに膨れて流れていた。ところで、アジアの、しかも南の国のホテルには、独特の雰囲気があるように思われる。ホテルのつくりが巨大であることが、そのような印象をもたせる理由の一つかもしれない。今回泊まったバンコクのホテルでも、敷地の内部には大樹が立ち並び、梢から肉厚の花がゆっくりと散っている。水流のほとりでは蘭や蓮がひらき、暗い羊歯の繁みを大きな蜥蜴が這う。光と影と水のかがやく空間はさながら小宇宙といった感を呈しているのである。そしてその空間に設えられたいくつかの食堂やら四阿やらプールには、人々が三々五々くったくのない身体をあからさまに広げている。それをただぼんやりと眺めているだけでも、日常の生活や雑事からすっかり切り離された、つまりは何の経済価値にもつながらない別次元の時間が、ただゆっくりと漂っていく。そんな無用・無為の時間のなかに全身を浸しているとき、空っぽになったわたしの頭に突然こんな歌が浮かんできた。

あな！　といふ聲のはろけさ――うつしみのずり落ちてゆく虚空きらめき　『流轉』

前登志夫の歌集『流轉』のなかの一首である。何やら謎めいた、そしておかしくもある歌だ。具体的な場面があるわけではないのに、「うつしみのずり落ちてゆく」空間の感触だけはまざまざと感じさせる。たとえば、宇宙飛行士にとって命綱が切れて宇宙に吸い込まれて行く瞬間も、こんな感じなのかもしれない。むろんこの「あな！」という声には恐怖の響きはない。そこにわたしが感じるのは、きらめく虚空のなかに現身が深く堕ちてゆくときの目眩であり、光の（あるいは闇の）領域に現身が溶け込んでいくときの一種の酩酊感に近い。「あな！」ということばの響きは、それほどにやわらかく、なまの感触を伝えてくる。そして「虚空」とは、まさしく大いなる光の「あな！」＝穴である。そんな語呂あわせのユーモアさえひそかに思いながら、わたしは南国の空洞のような空の光を浴びていたのである。

そのときの感じはわたしのなかで永く続いていて、一体この一首の「うつしみ」とは、どこにいるのだろうかとあらためて考えた。虚空のきらめきの奥なのか、それともこちら側なのか。いや、どちらでもなく二つの中間に「あな！」という声がたゆたっているように感じられる。現身に浮遊感や空洞感がありながら、同時に現実感や人間味を強く感じさせる不思議さ。思えば前登志夫のここ数年の歌集、『青童子』『流轉』『鳥總立』を読みながら、わたしはしばしばこの謎にぶち当たってきたようなのだ。だが、平易さを増してきた前登志夫のことばは、わたしのなまじっかな分析などやわらかく弾き返して、その代わりに謎めいた笑いをいっそう深く残しつづけているのである。

ところで、この一首と同類と思われる歌を他にもいくつか思い起こすことができる。たとえば『樹下集』のなかの次の一首は、わたしの記憶のなかでとくに鮮やかだ。

銀河系そらのまほらを墮ちつづく夏の雫とわれはなりてむ　『樹下集』

この歌については、作者自身の次のようなことばが小説『森の時間』のなかに書かれていた「おのれを空しうして、宇宙と一体化する夏の雫となろうとねがう思いのおぎろなさ」「空のまほらはかぎりなく浪漫的であるが、実際は無間《むけん》奈落なのだ。その暗黒の深淵は、いくら骨を摧《くだ》いても足りるものではあるまい」と。ここには作者の「空」への浪漫性と、逆の虚無性が両義的に語られている。この一首について藤井常世は、「限りなく墮ちてゆくイメージは恐怖感ではなく、広くふかい宇宙のなかの小さな一点であることを知って得る安らぎだろうか」(『鑑賞・現代短歌九　前登志夫』)といい、そこに「安らぎ」を読みとっている。

たしかに、「おぎろなさ」「無間奈落」「暗黒の深淵」といいつつ、同時に「一体化」ということばで語られる宇宙空間への憧憬には、どこか宗教にも似た思惟の痕跡すら感じさせる。先の「あな！」の歌との比較でいえば、「銀河系そらのまほら」「夏の雫」というイメージも鮮明で、またそれによる〈永遠〉と〈われ〉との対比もより明確である。さらに、永遠の時空に向かって突き刺さっていくような垂直の方向性も、この歌の方がずっと強い。つまり、詩的緊張感が韻律の酩酊感をともなって強くあらわれているともいえようか。そして、この韻律を巻き込んだ垂直性のことばのありようこそ、わたしにとって前登志夫の初期の頃よりの魅力でもあったのである。

そこでもう一度「あな！」の歌をふり返ってみる。ことばの上では「銀河系」が「虚空」に、「われ」が「聲」に変わっていることが明らかである。イメージはより抽象化され、どこかを目指すという垂直の方向性もずっと穏やかになっている。また「虚空」という永遠の時空もそれほど遠くなく、うっかり寝返った瞬間にずり落ちてしまいそうな、そんな感触が伝わってくる。それは、いいかえれば、垂直の緊張感というより距離感のない「おぎろなさ」（広大無辺）であり、輪郭の鮮烈さというより溶け合うことの感応といってもいいだろう。つまり、同じような宇宙への落下を歌いながら、伝わってくる感覚は大きく異なっているのである。この一首に導かれるようにして、わたしは前登志夫の歌集にある謎のいくつか――永遠という時空の真近さ、浮遊する生命感、人間味の濃い笑いやエロス――などを、南国の空気のなかであらためて嚙み直していたのである。

2. ぼんやりと無内容

エッセイ集『病猪の散歩』の「歌のある風景」のなかに、こんな一節がある。――「木や草や風に五体が溶けてしまいそうになるときがある。木や草や風と自分との区別がぼやけてしまうような感覚である。自分もまた木や草や風の中の一員にすぎないという実感なのだ。自分というものが無くなってしまうような経験といってもよい。そこではけものみちが立ち消えるだけではなく、自分というものすらふっと消えてしまう。そうした感覚を、大人にもやってくる神隠しだと考えている。木々のなかに自分を捜している。草のそよぎのかげに本来の自分をみつけ出そうとうろついている。風のひびきや光のなかに自分の息を聴こうとしている。いや、そうした意識さえわずらわしいのである。ぼうっとしているだけで充ち足りている。」

歌集『鳥總立』と書かれていた時期が近いエッセイなので、歌集の世界が濃く反映されているとも思うが、しかしこの文章自体も前登志夫の感性のありかをよく語っているだろう。それはたしかに独特なあり方であるが、稀有というわけではない。つまり、草木に親和感をもつある種の者は、同じような感覚を体験するからだ。

草や木々のなかに「自分が消え」、本来の「自分を捜し」「自分をみつけ」「自分の息を聴こうとする」ことは珍しいことではない。しかしそうした行為に潜む「意識」さえ「わずらわしい」というのはやはり独特なあり方であり、その上「ぼうっとしているだけで充ち足りている」となると独特さはさらに増していく。「意識」を追いやり、「ぼうっとしている」ことがなぜ「充足」へとつながっていくのか。この「意識」の拒絶と「惚ける」ことを受容することの間には、一体、何がひそんでいるのであろうか。ともあれ、前登志夫の最近の歌に漂っている「ぼうっと」「充ち足りている」気分は、読者の意識の緊張をもやわらかに解きほどき、つつみ込んで離そうとしない。

なんとなく春風過ぎる日のひかり生まれるまへを照しゐるなり　『鳥總立』

ぼんやりとひとよを過ぎていつしらに置き忘れこし巨根なるべし

なんとなくズボンの丈の餘りつつ竹の子生ふる林にをりつ　『流轉』

引窗の下に坐りてひもすがらぼんやりとして透けてゆくなり

椽《つるばみ》のあかるき空洞《うろ》を覗きをりかすかに呆《ぼ》けてゆくもたのしも

なんとなく、ぼんやりと、呆け、空洞、そんなことばが次々に目につきはじめる。しかし、この「なんとなく」や「ぼんやり」を起点に一首を読み下していくとき、ことばの惚けた意味とはうらはらに、しだいに確固としたものを摑まされていることに気づくのである。たとえばはじめの一首では、なんということなく春の微風が過ぎ、ほっと明るい目の前をぼんやり見つめていると、現実的な時間や意味がしだいに消えて、自分の「生まれるまへ」の光が漂いだす、という。「なんとなく」などと曖昧に始められたことばの先が、「生まれるまへ」という不可視の領域にまで届いていることを見過ごしてはなるまい。この「生まれるまへ」を捉えたものでは、少し前の歌集『青童子』にもこんな一首があった。

ことしまた梟啼きぬわたくしの生まれるまへの若葉の闇に　『青童子』

梟の声に触発されて「わたくしの生まれるまへの若葉の闇」が漂いだすという鮮やかな一首である。同じく「生まれるまへ」を招請している歌だが、先の歌が視覚を契機としているとすれば、こちらは聴覚が導いているという違いがある。さらに前者の「生まれるまへ」には、後者における「若葉の闇」のような具体的な嘱目のイメージが剝ぎとられている。そればかりか「わたくしの」という指示語さえなくなっているのである。『青童子』から『鳥總立』への流れのなかで「わたくし」が消えていくのだが、そのことには先のエッセイにあった「意識のわずらわしさ」が関連していることはいうまでもないだろう。

くっきりした「わたくし」の顔が消え、代わりに「なんとなく」「ぼんやり」という靄のような気分が、「巨根」や「ズボンの丈の餘り」や「透けてゆく」などということばを唐突に刷り出してくる。その関係が生み出しているのは、一種解明しがたい謎とおかしさにほかならない。そしてそこに『鳥總立』の魅力が存在することもまたたしかである。

「ぼんやり」や「呆け」を、作者の老いが必然的にもたらす肉体の感覚や意識のありようと結びつけて読むことはたやすい。だが『鳥總立』には、同時に次のような歌があることをどう考えるべきであろうか。

日もすがら幹叩きをれ目にみえぬ蟲這ひ出づる木は孤獨なる
紙の上に鼠三匹貼り付きて山の星座のめぐる靜けさ
木のうれに百鳥《ももどり》啼けり暗殺者ひしめきつどふさくらの下に
雨ちかき日のやまなみは近く見えて蛇苺あかく人忘れしむ
秋神鳴《あきがみなり》低くとどろく野の涯に生贄のごと虹はかかりぬ
『鳥總立』

きつつきや星座やさくらや、暗殺者や生贄など、前登志夫の世界を彩る可視、不可視のものたちが、形を変えていっせいに立ち現れている。そして、それら森に生きるものたちを聞きつける作者の感覚の変わらぬ鋭敏さ、けものにも似た鋭敏さを、わたしもまた相変わらず見出すのである。これらの歌はなんと山河の精霊のざわめきに充ちていることか。しかし、それら静寂を背景とした精霊たちのドラマは、容易な解釈を拒んでそこにあることもいっておくべきだろう。

たとえば一首目は静寂のなかの音から始まるが、この歌の「日もすがら幹叩きをれ」と告げられるきつつきと、虫と孤独な木との関係は、なにかの寓意であろうか。また紙の上の鼠と天上の星座という構図にしても同様である。紙とはおそらくネズミトリのことであろうが、ここにも巨大な静寂とざわめきが、いや、ただそれのみがある。つじつまの合う説明はなく、天地の気配だけがしんしんと伝わってくるのだ。また、三首目にある百鳥の声と暗殺者とはどうつながるのか。暗示的であるが、ここでも脈略は放棄されている。それゆえ、山河の気配や予兆のみをただ敏感に受けとりながら、わたしの連想はふいに次のような歌に飛躍する。

狭井河《さゐがは》よ雲立ち渡り畝火《うねび》山木の葉さやぎぬ風吹かむとす　『古事記』

み吉野の象山《きさやま》の際《ま》の木末《こぬれ》にはここだもさわく鳥の声かも　『万葉集』巻六　九二四

古歌である。風が吹く直前の木の葉のさやぎが、また梢にさわぐ鳥群の声が歌われ、それら風音や鳥声を通して天地の澄んだ静けさがひしひしと迫ってくる。さらに周知のごとく、一首目は古事記のなかで、神武皇后イスケヨリヒメがタギシミミの反逆を御子たちに知らせるために歌ったと伝えられている歌である。叙景歌が叙景にとどまらず喩的に読みとられたのだが、それは木の葉のさやぎや風音や鳥声が、なにかの予兆とみなされていたからである。古代では草木またもの言うという共通感覚が、たしかに存在していた。「木の葉のさやぎ」「さわく鳥の声」は、古代人が感受した草木言語（クサキコトドフ）、つまり神秘的な精霊のざわめきでもあった。

前登志夫の歌を読みつつわたしが感じる魅力もまた、この古歌と通底するような天地の精霊のざわめきである。それは山人の生の感慨や現代への文明批評や詩人の華麗な幻想などという、意味的な解釈よりも先にわたしに響いてくるものだ。彼の歌は精霊のざわめきの深い混沌を通過することによって、はじめて自己の意識や肉体が光り出す。決して逆ではない。草木のざわめきがもっている時間と、自己の現実の時間との、二つの時間の対立と緊張のなかから生み出される彼のことばには、それゆえにあらゆる限定を拒む原初的なことばへの欲望が隠されている。いわば一種の根源言語へまで遡行していく欲求といってもいい。そしてそのことは、彼の歌論のなかでたびたび語られる「無内容」の歌という意味とも関わっているものと思われる。

先の古事記や万葉集の歌が、叙景歌でありながら喩的に読まれたのと同様に、前登志夫のきつつきや鼠やさくらの歌も寓意に充ちている。多くの人がそこに近代の叙景歌や人生詠をこえる山人の神話的世界を、またアニミズムを、あたかもロストワールドを発見するように読もうとするのもそのためである。しかし、近年の彼の歌には、そうした枠組みさえも拒む自在さが、そこかしこにあふれている。

「意識」が薄くなればなるほど、つまり身を「空洞」にすればするほど、山河のざわめきは際立ってくる。逆説的だが、それは自身の身体を一種の虚の器として、山河のざわめきを招請するたくらみともいえるだろう。「虚点」とは、いいかえれば「拠点」でもあって、そこに呼び込まれた山河と「意識」との拮抗が、呪的に輝いていたのがかつての前登志夫の歌であった。だがいま、その「拠点」という意識を消し、全ての計らいをゼロにすることによって、かつての〈呪的〉喩の輝きを〈惚け〉の喩へと変貌させる回路が見えているといってもいいだろう。「意識さえわずらわしい」ということばは、そういう意味にほかならない。

けだものの氣配のなかをかへりきぬ目に見えぬ尾を風に靡かせ
鬼遊ぶ秋の夕暮、赤とんぼわれの顱頂にやさしくとまれ
『鳥總立』

思い返せば、「なんとなく」「ぼんやり」ということばは、曖昧に見えながら、実はその奥に「～ある」「～いる」という存在を潜ませた極めて自己証明的なことばであることに気づく。統一体としての自己の輪郭を半ば失いながら、誘惑するものに身を委ねている存在感を明確に告

げていたのである。

3. 巨根　絶倫　シュウクリーム

〈惚け〉の喩は、ときにこんなエロスを伴って歌われる。

その昔巨根と言はれし翁ゐて淋しげなりき椿赤かりき　『流轉』
その巨根いづこに往きて憩ひしや、木の物語　風の語部
八月の灼ける巖《いはほ》を見上ぐれば絶倫といふ明るき寂寥　『鳥總立』
ぼんやりとひとよを過ぎていつしらに置き忘れこし巨根なるべし

前登志夫の最近歌集のなかで、一読して記憶に刻印された歌である。「巨根」「絶倫」ということばが歌にあらわれることは滅多にはあるまい。老齢の淋しさと「巨根」「絶倫」ということばの輝きとの対比がいやおうなく際立って、そこにとぼけたかなしみとおかしさがある。といってもこの「巨根」「絶倫」は、いわば生命力の象徴という本来の意味で使われており、巨大な生命力の伝説を歌っているものではある。むろん作者は俗的な意味として読まれることも十分承知の上であろうが、「巨根」「絶倫」ということば自体、すでに実体というより性的精力

の呪符となりきっているといえるだろう。その呪符がすでに効力を失っているばかりか、「その昔」「いづこに往きて」「置き忘れこし」というように、いわば伝承のこなたから／かなたへとさすらう姿を晒しているのである。猥雑な生のエネルギーは滑稽なエネルギーへと役割を替えつつ、居場所なき淋しささえまとっている。

そしてもちろん、この翁のエロスの源には、万葉集の東歌にあるような、官能と笑いの底にひたひたと恋うる情が充ちていることを、多くの人が思い起こすだろう。

肉太にひと繼ふる歌書きをれば怒濤となりぬ春のやまなみ　『流轉』

人おもふこころ清かれわが谷をのぼる石龜に出逢ひたる今日《けふ》

さわらびを摘みてかへれば草の上に抱けといふなり春の入日は　『鳥總立』

けものよりさらに清《さや》けき情欲を木枯の夜の星座に晒せ

しんしんと雪ふりつもる春の夜にシュウクリームのごとをみなご睡る

ひたぶるに思う心、清い情欲。人を恋する心が石亀に出会い、星座に晒されることで、そこに人智を超える本源的なエロスを立ちあげているというべきだろう。春のやまなみを怒濤に変え、春の入日が抱けという。恋の心がこの世の森羅万象すべてのものをあらためて蘇生させるとでもいうようにである。森羅万象あらゆるものを、そして聖から俗まであらゆる相を、境界も知らず呼び入れ、巻きこみ、無限のエロスを醸し出す――いま前登志夫にとって、歌という器がそのようなエネルギーの場になっているといってもいい。いやそればかりではない。エロスの無限はたった一つの見事な喩によっても歌われる。「をみなご」の睡りを「シュウクリーム」とはなんとやわらかいエロスであろうか。睡る乙女の醸すエロスをまるで物のようにとらえる、この感触、この形、この気配に寄せる喩の姿は、自意識の殻を破った翁に、あたかも恩寵のように訪れた至福のことばのようにわたしには思われる。

不在の人

前登志夫の第一歌集『子午線の繭』を読むとき、わたしのなかにひそかに重なってくる一つの映画がある。あまりにたわいのない連想のようなので、胸に秘めたまま深く考えずにきたのだが、それは二十数年前にはじめて『子午線の繭』を読んだときからあったものだ。その頃のわたしは映画好きで、とくに洋画をよく見ていた。それゆえ、頭のなかには映画の残像がいつもちらついていて、歌集を読むときにもそれが浮かんできたのだろう。だが、そこには何がしか大切な繋ぎの糸があったのかもしれない。

『子午線の繭』の歌にしばしば重なってくる映画、それは「かくも長き不在」である。アンリ・コルピ監督による一九六一（昭和三十六）年製作の仏映画で、シナリオはマルグリット・デュラス。いわゆるヌーヴォ・ロマンの映画化作品だ。主演女優はアリダ・ヴァリ。いくつかの賞もとった秀作として記憶している人も多いだろう。

「かくも長き不在」の主人公はアルベール・ラングロアとその妻テレーズ。戦争に夫をとられたテレーズは、戦後「アルベール・ラングロア」と夫の名をつけたカフェを営みながら、ひとり長く夫を待って暮らしている。そこへ不意に夫が帰ってくる。だが、彼は記憶を喪失していて何もわからず、ただ酔いどれの浮浪者のように村を彷徨うばかり。テレーズはなんとか記憶を取り戻させようと心を砕き、家に呼び、夕食に招くのだが、虚しく空回りする。最後にカフェを出てゆく彼の背に向かって、テレーズは堪えかねたように大声で「アルベール・ラングロア」と叫ぶ。夜の広場に谺するその声に振り返った彼は、立ちすくみ、静かに両腕を挙げる。処刑の銃口を向けられたかのように。それは戦争の傷痕を観客に深く刻印した印象的な場面であった。

映画のおおまかな筋を書いてみたが、『子午線の繭』のいくつかの歌の背後に立ち上がってくるものは、映画の筋とは直接かかわりがない。浮かんでくる映像とは、帰還兵アルベール・ラングロアの暗い姿そのもの——村人の日常とは没交渉のまま、川辺に立ち、橋に佇み、広場を横切り、黙々と村を歩き回る暗い帰郷者の姿である。彼の閉じた心をことばにしたら、たとえばこんな風ではなかったか。

みささぎの池で　魚を釣る　痩せさらばへた
男　そんなところに　魚がゐるのか　でつか
い軍靴　忘れない　彫像は竿を水平に支へ
戰爭終つて間もなく　竿のさきにぎらつく

太陽　戰爭によつて　ぼくのなかで死んだもののは　たしかなのは一人の少年　少年のなかの　蝶・甲蟲そして英雄　ぶくぶく泡をふく藻の底　あんないい表情　みんな失くしたそれつきり　ぼくは歩哨　かつかつ盆地を歩く　亡靈どもの歩哨　大きい靴　風の見張り千年の歩行者　ぶつぶつ鹹湖を歩く

これは『子午線の繭』の「蝕」という連作のなかに挟まれた詩である。「蝕」は有間皇子に自身を仮託した劇的な構成をもつ作品だが、ここに引いた数行にわたしは有間皇子よりもアルベール・ラングロアの影を強烈に感じたといってもいい。何よりこの詩自体が非常に映像的である。痩せさらばえた男、でっかい軍靴、釣竿、蝶、甲虫というような視覚的な即物性が、全体の詩的な抽象性を妙になまなましくさせている。さらに墓（みささぎ）、池、盆地、鹹湖などという劇的な空間の造形。それらを通して訴えてくるものは、巨大な故郷喪失感と、帰るべき場所と時間を永遠に探しさまよう飢えた魂だ。

寒空のかたき記憶のはがれきて埋れるごとき刑《しおき》もありぬ
夕闇にまぎれて村に近づけば盗賊のごとくわれは華やぐ
帰るとはつひの處刑《しおき》か谷間より湧きくる螢いくつ數へし
艶めきて冬の筏は流れゆく望郷の歌ふたたびあるな
魂の流刑と知ればおのづから雄雄しき角に落暉を飾り
いくたびか戸口の外に佇つものを樹と呼びてをり犯すことなき

またこんな歌を引いてみる。前登志夫の歌に悔や刑や罪などという倫理的な観念がつきまとうことは、すでに多くの人の知るところである。刑と帰郷とがひとつになっていることが見てとれるが、それはまた「つひの處刑」として、「魂の流刑」として故郷の村に帰ってきたということでもあるようだ。とすれば、彼がいかに村のくまぐまを歩き尽くし、村への定着を試みようとも、彼の肉体はそこに現実性をもたず、口常的な村の時間空間から孤独に超越しているのは当然のことだ。歌のことばの抽象的な造形性がそれを証明しているだろう。さらに、「戸口の外に佇つもの」を暗い内部から「犯すことなき」樹影として見ている逆光の眼。わたしはここに、夫の帰りを待つあのテレーズの幻影を見る。長き不在をみつめる眼を。

前登志夫ほど故郷という空間を歌の場にした歌人は少ないだろう。だが同時に、彼ほど故郷喪失を感じさせる者もいない。都市から離れ帰郷したとき、彼は文明社会からの疎外を引き受けると同時に、しかし故郷という村からの抵抗をも引き受けざるをえなかった。なぜなら彼の還るべき村とは、必ずしも現実の村を意味しなかったからだ。つまり、都市と村からの二重の拒否をどこまでも深く自覚することが、前登志夫にとっての戦後を生きる意味であったともいえるだろうか。帰郷の歌に頻出する倫理感や、孤立感の深さ、あるいは形而上的な山河の風貌や、ことばや韻律に籠る強い昂揚感がそれを物語っているだろう。そうして「亡靈どもの歩哨」「千年の歩行者」としての〈前登志夫〉を、自ら創り出したのである。

この四半世紀、わたしは吉野をたびたび歩き回り、歌人の家の近くを覗き見、また実際に歌人その人にも会っている。にもかかわらず、吉野という地では、結局のところただ歌の言霊が響くのみである。それも当然だろう。彼の故郷とは空《くう》の原点なのだから。魂のメタファーとその解読を送信しつづける前登志夫は、わたしにとって永遠に不在の人であるようだ。

テロと落人――『落人の家』を読む

前登志夫の第九歌集『落人の家』は世紀をまたいだ歌集である。その間に「9・11」事件があり、イラク紛争があった。歌集には世紀を越えた感慨が、「あとがき」にこのように記されている。

この三年は、二十世紀を送り新しい世紀を迎えた畫期的な日日でした。アメリカでの同時多發テロがあり、イラクの紛争が泥沼化し、異常に膨張した情報社會や、グローバリズムの社會構造が全世界に浸透し、わたしどもの日常生活にもさまざまな變化と影響が實感され、異様な不安をまぬがれませんでした。

この歌人としてはかなり率直なことばである。現実社会の大きい影がいやおうなく表現世界に沁みこんでくることへの危機意識や緊張感が、端的に記されている。そして歌には、その危機感を伝えることばが直に、随所に顔を出している。たとえばこのように。

恐ろしきテロありしこと童蒙の世紀始まるしるしといはむ
恐ろしきテロありし秋のもみぢ葉の赤く積れるところを過ぎつ
山霧にしめれる穴よキツツキもビン・ラディンも行方知れずも

都市の一郭が一瞬にして無に帰し、個人の生命があとかたなく消滅するあの映像を、「9・11」以後もわたしは繰り返し、まざまざと目にしてきた。それはいわば、現実世界の方がゆめまぼろしに見えた逆転の体験であった。ここに引いた歌の「テロ」や「ビン・ラディン」ということばに、そうした世界の崩壊に立ち会った者のあらわな徴を、まず見とどけるのである。

凍星《いてぼし》はわがテロリストひたぶるに地球を目ざし飛びつづけをり
きつつきは木のテロリスト春の日のわれの頭上に穴穿ちをり
ふくらみし自我をすてむとこし森にきつつきは空洞《ほら》のある木を打てり

しかし、前登志夫という歌人は、社会の動勢を即座に直截に歌に詠みこむということの少ない歌人である。風刺、風喩のことばとして取りこむときも、自身のことばに十分に内面化を果たした後につかうのが常だ。しかしこの「テロリスト」ということばには、「9・11」の衝撃を受けた歌人のなまの感覚が浮き上がって見える。ふり返ればかつて「凍星」はこのように歌われていた。

凍星《いてほし》のひとつを食べてねむるべし死者よりほかに見張る者なし　『樹下集』

同じく「凍星」からはじまりながら、二つの歌の印象は大きく異なっている。『樹下集』の「凍星」に「死者」の世界の静寂があるとすれば、『落人の家』の「凍星」には「テロリスト」というキナ臭い現実の反映が色濃くある。しかも「わがテロリスト」と歌われ、さらに次の歌では「きつつき」に重ねながら「われの頭上」を襲ってくるという。

積み上げてきたものを一挙に覆すというのが「テロル」の意味であるとすれば、ここで歌人は、おそらく「きつつき」の反響を「われ」の「テロル」の響きとして聞いているのだろう。「きつつき」の木を叩く音とともに、自身の内部にあらためて揺さぶりをかけ、叩き崩そうとしているようにも見えるのである。その反響はまた次のようにも広がっていく。

おそろしき物飛びきたるここちして春霞立つ空を見上ぐる
ゐねむりの長き春の日犬鷲のこの空飛ぶは天上不吉

この「春霞立つ空」や「天上不吉」の下に、歌人の棲む「落人の家」があるのである。つまり、世紀をまたぐ不吉な空を見上げることが、あらためて「百歳の家」を見つめることにつながっている。

斜面にてわれの屍在るごとし百歳の家花に飾られ
崖の上の山家《やまが》にねむる落人の面《おもて》にふりし雪の消ゆる間《ま》

「百歳の家」は、「斜面」や「崖の上」に立つ山人の家として、これまでも繰り返し歌われてきた。だが、百年の間変わらずに生活の場を経てきたその家が、それ自体変幻の営みとともにあったことがあらためて認識されてくる。「屍」「落人の面」ということばは、そうした重い感慨が重ねられて生まれてきたことばだろう。「屍」の上には「花」を、「ねむり」の上には「雪」を、そうして生の場を「落人の家」と定めたとき、人が生きるということの形と意味が、いっそうくっきりと強い骨格をあらわしてくる。

おそろしき嶺にかこまれ晩年を過ぐさむわれは蕊の囚人
どの家も年寄ばかりどの家も木木の紅葉《もみじ》に照されてをり

かたはらに死者ものいふとおもふまで夜の山ざくら花をこぼせり
向う嶺《ね》よりわが家《いへ》見ればこともなく山家《やまが》さびしく斜面に立てり
尾根《をね》をくる眞夏の素足しろがねの驟雨に濡れて人をおもへり

ここには落人の生が、寂寥と自在さと優雅さのないまぜになった山河の景とともにくっきりと歌われている。生きる上に猥雑なものは何もない。しかし、山河の寂寥が招くのは、囚人や死者だけにはとどまらないようだ。

われに添ひて冬枯の山のもみぢ踏みきたりしひとは女狐ならむ
冬の日の暮れてゆくときうちつけに女狐啼けり「きみはわがつま」と
女狐がわれに呉れたる勳章をかぞへてをれば日暮《ひぐれ》となりぬ

冬枯れの山を「われ」に寄り添って歩いてきた「ひと」。この幻の気配を「女狐」といったところから、一首にはにわかにエロスの気配が立ちのぼり、物語的な時空が広がる。「われ」の半身は、すでにその時空の中に溶けかかっているようだ。
たとえば物語の語り手は、日常生活の時間の流れから、それと直交する記憶や想像力の時空にただちに突入する。そしてその二つの時を往還しつつ語ることによって、宇宙の根源に心性を根づかせ、世界や人間の生を解釈する。そのような語りの構造が、この「女狐」の歌の中にも潜んでいるだろう。

さらに次の歌では、「われ」は「女狐」との関係のうちに身を置き、自らすすんで化かされかかっているようだ。「女狐」と「われ」とが直にかかわっているところ、つまり、その間に事情やら観念やらの介在物を何ももたず、現実の細部を剝ぎとった日暮の景のなかに戯れているところが特徴だ。人か獣か、夢か現か、などという便宜上の境界が消えてしまった時空の広がりとゆたかさ。その時空には、匂いのような、あるいは光のようなエロスが揺らめいている。

消えてゆくけふの斑雪《はだれ》の匂ひつつ牝鹿となりし女《をみな》ありしか
菊の花咲ける山家《やまが》に睡りをる木樵《きこり》のわきにゐよ白き蛇
紅葉の山のはざまに瀧しろくひそと立てるを女人とおもふ
なんとなく女になりうる心地して菜の花の村に雪ふるを見つ

これらの歌にも同じように女になぞらえたエロスがやわらかく充ちている。夢幻、とくに男性にとっての究極の夢幻の形があるともいえるだろうか。

この歌集が、不意に「にんげん」を不在の彼方に追いやった「9・11」以後の、禍々しい時代の痕跡を背景にしていることを思うとき、民族、あるいは民俗の底に横たわっていた変幻が、にわかになまなましく立ちあがり、重なり合う。世界のあちら側とこちら側が、不在を軸にして入れ替わり、物語と現実が入れ替わる。いったいどちらが現実であり、また虚構なのか。伝承譚としてよく知っている神隠しや狐の変幻が、まさしく現実の事実として起こってしまうという奇妙な逆転劇も生まれる。『落人の家』は、そのような倒錯の目眩の感覚を、あらたに生の形として示した歌集といってもいい。テロルの時代に世紀をまたいで見つめられた「落人」の認識が引きよせた世界である。

花の下にて春死なむ――前登志夫を悼む

二〇〇八（平成二十）年四月五日の昼すぎ、吉野の歌人、前登志夫さんが亡くなった。この日、前家の庭では桜が咲きはじめていたという。ああ、前さんは桜が咲くまでがんばっておられたのだ、という思いが、わたしの中にこみあげてきた。

亡くなる一週間ほどまえに、病院長に直訴して家に帰るという意思をつらぬいたのだとも聞く。山人・前登志夫としての生をまっとうするために、山へ帰るという決断をされたのであろう。懐かしい吉野の山々に看取られながら、桜の花に照らされながらの死。前さんの目にはおそらく西行の姿も見えていたにちがいない。わたしはその時空を超えてつながった表現者の魂を思い、しかしあまりにも唐突な死を思って、いま、いいようのない喪失感の中にいる。

さくら咲くその花影の水に研ぐ夢やはらかし朝《あした》の斧は　『靈異記』
ふるくにのゆふべを匂ふ山櫻わが殺《あや》めたるもののしづけさ　『靑童子』
さくらさくら二度のわらしとなりゆくや春やまかぜに吹かれふかれて　『鳥總立』

吉野の歌人・前登志夫にとって、桜はとくべつの花であったろう。それは山人の夢を研ぐ花であり、血腥い歴史を負った花であり、死の透けて見える花であった。二度わらしの歌にあるように、晩年はとくに山河の気に溶けこむようにして、小さな自我に充ちる無辺大の宇宙の中に、童のように戯れていた。

昨年十二月に訪ねたときの前さんは、このうえもなく透明で、何かしら楽しそうで、そして元気であった。その後みるみる死に飲み込まれていくなど、想像もできなかった。

前登志夫という歌人に、わたしがはじめて会ったのは二十年ほど昔である。吉野の蔵王堂の近くの公衆電話から電話したところ、思いがけず会ってくださるという。そこからタクシーで岩森、才谷を通って広橋峠へと、暗い杉木立の中をいくたびか登り、下った。まるで吉野の胎内めぐりのようにして辿りついた歌人の家は、不思議なたたずまいだった。

屋敷の入り口に立つ納屋には刃尖の光る斧や鎌が見え、長い塀に沿って行くと敷地の片側は深い谷をのぞむ崖で、雲か霧かがゆるゆると目の高さに漂っている。その向こうには幾重にもたたなわる山。その天と地の景色を、歌人の書斎から遥々と見渡したことが鮮やかに蘇る。

その後たびたびお目にかかり、はなしをうかがうようになった。家に棲みついているムササビの話や、ご自分に似ていると噂されている大阪ビル街のホームレスの話題から、一気に異界の話へと移動する前さんの語りは、虚実のあいだを往来しつつ諧謔と飛躍に充ちていた。その途中で近年のエコロジーや環境破壊のことに及ぶと、ぼくはヘソ曲がりだからそれには何も言葉がないとそっけなくいわれる。自然を商品化するどのような思考とも無縁であることを、前さんははっきりと示された。

世界を語るあの低く飄々とした声、ゆったりとよどみない独特な語り口。それは小説『森の時間』とも谺してわたしの耳に残っている。また『吉野日記』をはじめとする膨大なエッセイ群。山の響きや谷のきらめき、鳥獣の声の深さを発信しつづけた歌人の言葉と思想は、この後いよいよ輝きを増すだろう。

かなしみは明るさゆゑにきたりけり一本の樹の翳らひにけり　『子午線の繭』
百合峠越え來しまひるどの地圖もその空間をいまだに知らず　『鳥總立』

一本の樹にさえ原初の言葉をおびきよせ、生命の全体をめまいのように感得させた異才の歌人は、いま地図にない峠のどのあたりを越えているのだろうか。

声と眠り——『大空の干瀬』を読む

『大空の干瀬』を読むことはわたしにとっていささか辛いことであった。前登志夫が逝去して一年、その死という現実が、一首、一首の上にあらためてなまなましくひびいてきて、現実と表現との間にわたし自身が宙吊りになってしまうからである。歌集をいくたびか開き、開いては閉じるをくり返していた。『大空の干瀬』は遺歌集ではない。けれど、作歌順に打ち出した原稿を、自身の手で推敲する時間も体力ももうなかったと、榎幸子さんが「あとがき」に記している。その寂しさは受け入れるより仕方がない。たとえば歌集はこういう一首で終っている。

霰うつ山の檜原をかへり來て夕日の村を葬《はふ》るごと見つ

この歌を読んだとき、ああ、歌人の肉体はこの時すでにこんなにも弱っていたのかと、わたしは思わず胸がつまった。かつて自身がことばの力でつくり上げた非在の村を、夕闇にまぎれて盗賊のごとく近づいたその村を、自らの目で葬っているかのようだ。日の名残りを曳く夕日の村として、遠く、静かにみつめつつ。

あらためていうまでもないことながら、前登志夫のことばには声や響や韻律の力を駆り立て、読者を誘い、巻き込み、現実の奥の異世界をまざまざと感受させる力があった。そこでの一首は大きな原初的な世界とつながりながら、しかも現代世界とぎらりと対峙していたのである。ことばの力によって太古の森のように立ち上がらせた非在の宇宙——それゆえ、ことばの霊力が衰えた時には、宇宙もまた閉じるほかないのであろうか。終焉を予感している夕日の村の歌は、なんとも寂しい。その寂寥の濃い晩年の宇宙は、時間の流れも、存在・非在の境界もいよいよ混沌とぼやけながら、同時に空気そのもののように平明かつ澄明になっているようにも思える。

歌集を読みながらすぐに気のつくことがいくつかある。一つには声や響など聴覚の歌の多さ、二つには眠りの反復、そしておそらくは歌人の深層に流れている西行への思い、である。

三輪山に春蟬鳴けりたまきはるわれのいのちをいのる人あり
木木に啼くひぐらし蟬の聲澄みて耳鳴りつづくいのちなるべし
夏山のふかきみどりを越えてこし錫杖の音頭蓋にひびく
夜もすがら稲光りせりくらやみに耳鳴りつづき山百合匂ふ

かつてひぐらし蝉や山百合の匂いは、異世界が立ち上がる契機をなしていた。だがここでは、それらの声や匂いが直に歌人の身体と結びついている。歌人はそうした感覚の先端を開くことで、かろうじて宇宙と交信しているといってもいいだろうか。聴覚や嗅覚は視覚に比べるとより直截であって、いわば対象との距離がない。それゆえ蝉の声が、山の錫杖の音が、山百合の匂いが、そのまま歌人の身体に沁み入っている。みつめる対象との間に観念などの入りこむ余裕はなく、それらは直に歌人の生命と結びつく。いや、生命そのものとなる。

かなかなよ、しののめのどこで鳴くのか、三つ四つ五十六十、木はまだ眠る
わが睡るねむりの上に生ゆる木のこずゑの鳥總《とぶさ》風を孕めり
をみなごを抱きて眠ればわが眠りいたはるごとく雪ふりつもる
油蝉にミンミン蝉の混じる日をひるぶしなせば雷神も睡る

眠りの多さは切迫する死の意識によるものであろうか。とすれば、眠り＝死も宇宙と交信を果たす感覚の一つとなり、蝉の声や風や雪の音がいつしか死の眠りと結ばれる。生死を超えた永遠の宇宙のように。
そうした眠りの直截さは、その先にこの歌人ならではの景をみせつける。

大空の干瀬のごとくに春山のけぶれるゆふべ櫻を待てり
いつせいに樹液を上ぐる春の山の林に遊びすこし狂ひぬ
萌黄色の記憶の干瀬をわたりこし女人菩薩にぬかづくあした

たとえば、「大空の干瀬」の章に並ぶこの三首では、春山の景を「大空の干瀬」という永遠の時空に塗り替え、また「樹液を上ぐる春の山」の生命の中に「遊び」「狂ひ」ながら、しかしそれはたちまち「記憶」の景とすり替わる。この三首には、前登志夫における歌の形成の過程が象徴的に表れているとみることもできるだろう。それにしても、その時間の速さ、変貌の間の短かさが、歌人の残り時間を象徴しているようでわたしには切ないのである。そうして雑然とした日常のことがらや時間が削がれていく代わりに、歌人の生の素形が、吉野＝西行＝桜の時間を従えているかのように浮かびあがる。その中に娘を詠んだ歌がはさまれていることも人生という悲哀が凝縮されているようで忘れがたい。

夏花のしろく咲くなり山住みのはての明るさを娘とあゆむ
神の嫁となりてしまふやわがむすめ父の憂ひのすべてを知れり
何の木の下に眠るがよからむと友らと語りまなく疲れぬ

木木をゆく春乞食《はるこつじき》に惜みなく梢はたかく花ふらしけり

春乞食という放下の時間の中で桜の花にまみれる歌人。吉野の桜がようやく咲きはじめる頃、西行を引き継ぐように歌人は逝った。その消え方は、まさしく自身の一生を一首に賭けた転生の歌人にふさわしい。

みさきなれ、ことばの岬。　春雨にけぶりけぶりてみさき鳥ゆく

銀河と山人

1．山上の宇宙

歌人・前登志夫が亡くなったのは、二〇〇八（平成二十）年四月五日、八十二歳の生涯であった。それから十年後に、わたしはようやく前登志夫の墓に詣でることができた。

平成が終わり令和となった年の六月半ば、「ヤママユ」の萩岡良博さんの案内で吉野の墓所へ向かった。墓参の前にまずご挨拶のために前家に寄る。久しぶりに訪ねた屋敷は何もかもそのままで、ただ〈不在〉の感じのみがひしひしと辺りを覆っていた。以前にたびたび話をうかがった離れの書斎の、部屋といわず廊下といわず崩れんばかりに積まれた書籍も、在りし日そのままの姿である。だが、主を失った書籍の山は、静かに時間の中に沈潜し、いっそう〈不在〉の気配を際立てていた。

程なくそこを辞して墓所に向かう。晩年に家の近くに書斎として建てたという「地蔵堂」の前を過ぎ、坂道を右に折れて山道に入る。山道といっても山の縁に付けた紐のような崖道で、一人分の幅しかない細い急坂である。まさしく〈けもの道〉だなと思いつつ十五分ばかり喘ぎ登ると、突然、そこを右へ、と萩岡さんの指示。萩岡さんがいなければとても分からない道順だ。そこから山の中腹に入り、また登る。いちめん槙の木の山である。山の気を吸いつつしばらく登ると、やがて二本の大きな槙の木が門のように立ち、その先が突如明るく開けた。墓所であった。不思議な山中の墓所であった。

山の中腹の木を伐り開き、草が刈り取られたその一画は、そこだけ空から初夏の陽が降りそそいでいた。正面に墓石が三基、五輪塔一基、脇に兄上と娘いつみさんの墓。前家一族のみの墓所であり、周囲はただ槙の樹と連なる山々と空。まったく無音のその空間に、黄蝶が二つしきりに舞っていた。

そこは通常の墓所の在り方とまったく無縁であることにすぐ気づく。むしろ世間や儀礼といったものを拒んでいる気配さえあり、ただひたすら樹へ、山へ、空へ向かって開かれ、それらとの一体化を目指しているように見えた。その他のものは何も無かった。その一方、歌人の抽象世界を貫いた贅沢な死の場所に見えた。ここはまるでＵＦＯとの交信を待つ宇宙基地のようではないかとわたしは思い、そう気づいたとき、不意に、ああここは前登志夫の究極の〈宇宙駅〉なのだと思い至ったのである。

去年
彫刻をやる友人と別れるとき
吉野の羚羊について話した
女の胎盤ほどの岩角から岩角へ
翔ぶといふフォームの美しい想像と
その小さな空間に樹木のやうに
静止するといふかなしい機能について

岩つぱなにたつて
三月の風にうたれ
羚羊のことを考へた
おそらくみることのない
この山のいきものの
死を貫いて翔ぶ崖のある生について

処女詩集『宇宙驛』（一九五六・昭和三十一年　昭森社刊）の中の一篇「崖」の後半部分で

ある。「死を貫いて翔ぶ崖のある生」という生死の時空が、すでに明確に認識されている。「吉野の羚羊」には自身の生が重ねられてもいるだろう。

社会や時代とつながらずに、自然や宇宙との一体化を目指すということは、他者から見れば何もないという意味で、〈非在〉ということと同義であろう。〈崖〉、〈けもの道〉、〈樹〉と前登志夫の歌のキーワードを標のようにして登ってきたわたしは、その果てに〈宇宙駅〉という〈非在〉の場所に辿り着いたのである。

銀河系そらのまほらを墮ちつづく夏の雫とわれはなりてむ　『樹下集』
願はくは星ふりたまる山顚《さんてん》の窪みに棄てよわれ惚けなば　『鳥總立』

ここに前登志夫の全てがあるように思われる。彼はこの〈非在〉という不可視の場所と日常との大きな距離を、生涯にわたって往還しつづけたのだ。そう思いつつ、わたしは〈宇宙駅〉そのもののような墓所の静けさにしばらくの間打たれていた。

2. ふるくに吉野

前登志夫は、一九二六（大正十五）年一月一日、奈良県吉野郡下市町に生まれた。代々林業を営む家系であることと、吉野という古国の歴史と山岳宗教の文化風習が凝縮する地に育ったことが、彼の文学の源流となっていることは明らかである。文学の出発点は詩であった。戦後、詩を書きつつ前川佐美雄をはじめとして多くの詩人と交流し、詩誌を創刊するなどの活動の中で、一九五五（昭和三十）年に突如、みずから「異常噴火」とよぶ突発的な短歌創作を体験する。翌一九五六（昭和三十一）年に詩集『宇宙驛』を出版するも、この頃よりしだいに短歌という一行の詩の形式に没頭しはじめる。背景には、吉野に帰郷し父祖以来の林業を継ぐという山村の生活があった。「自然の中に再び人間を樹てる」という主題のもと、山に籠る日々の中で柳田國男、折口信夫の著作を読み、吉野の歴史と民俗に深く身を沈ませていく。一九六四（昭和三十九）年に第一歌集『子午線の繭』（白玉書房刊）を出版、次代を開く歌人の誕生を告げるものとして注目された。

『子午線の繭』

かなしみは明るさゆゑにきたりけり一本の樹の翳らひにけり
もの音は樹木の耳に藏《しま》はれて月よみの谿をのぼるさかなよ
死者も樹も垂直に生ふる場所を過ぎこぼしきたれるは木の實か罪か
けものみちひそかに折れる山の上《へ》にそこよりゆけぬ場所を知りたり
丁丁と樹を伐る書にたかぶりて森にかへれる木靈《こだま》のひとつ

「異常噴火」という突発的短歌の始まりは、まさしくこの「一本の樹」からであったという。一本の樹に降りそそぐ光と翳の戯れを、ただそれのみを歌ったこの一首は、読者の虚を衝くように、人間の存在の哀しみを深々と響かせている。それは自然への感応力と存在の倫理が絡みあう鮮明な形而上的世界であった。

「これらの作品を書いた昭和三十年から三十九年までの時期は、今までになく吉野山中にほとんどをすごした孤獨な日日であつた。觀念世界がぼくらの生において實在するあかしを、行者のやうにもとめた。さういふ反時代的なことばの祕儀は、ぼくの方法論を大きく規定してゐるにちがひない」と歌集「後記」に記している。

戦後の高度成長期に入った日本社会に逆行するように、吉野山中に籠り、樹やけものや死者と交わり、木霊を蘇らせ、光や翳に感応し、存在と言葉の交点を希求しつづける。反時代、反文明という姿勢を内包するその歌の世界は、韻律という「ことばの秘儀」をともなって、鋭く現代を撃つものとなった。

詩作から突然変異のように始められた歌には、当初はモダニズムの影響も多く見られ、現代詩的な修辞が歌という文体に鋳直された印象もあり、それがまた新鮮でもあった。

吹く風にセロのきこゆる空《くう》壙の硝子の村に牛立ちてゐる　『子午線の繭』

崖の上《へ》にピアノをきかむ星の夜の羚羊《かもしか》は跳べリボンとなりて

『子午線の繭』の第二章「オルフォイスの地方」の中の歌である。村に帰ってきた前は、まず「セロ」や「ピアノ」の響く童話的なイメージの中で、故郷を歌いはじめたのである。この時の前の意識には、おそらく、故郷を新しい方法で発見し、創作した先達者として、宮沢賢治の存在が大きくあったに違いない。「オルフォイスの地方」というタイトルも、宮沢賢治の創作した「イーハトーブ」や「イギリス海岸」の地名を思わせ、また賢治の詩や童話が直接に歌われていることも多い。いや何よりも、前は賢治の文学にある宇宙観、つまり岩手という郷土を銀河系まで含む時空間の中でとらえ直した世界に、強い共感と憧憬をもっていたに違いない。

われは昔風の又三郎この高原《をか》に白鳥のごと霧はふりにし　『子午線の繭』
白鳥座ひそかに飛べよ川ぎしの男が燈す夜《よ》の櫻桃《さくらんぼ》
形象《いめいじ》のみなこぼれあせ苦しとき一人の見者世にあらはれむ
セロ弾きのゴーシュの話子にすれば子は睡るなり父を置きてぞ　『靈異記』
虔十の死にたるのちぞ虔十の育てし木木は人憩はしむ　『青童子』

三首目の「一人の見者」とは、あるいは宮沢賢治でもあったろうか。わたしのこの想像は、「見者＝けんじゃ」という言葉の音が、賢治の詩「永訣の朝」にある一つの言葉を思い起こさせるからだ。

（あめゆじゅとてちてけんじゃ）——「永訣の朝」の中で、死にゆく妹トシはいくたびも賢治にこう言う。（あめゆじゅとてちてけんじゃ＝雨雪をとってきて、賢治兄さん）。そして詩は、「はげしいはげしい熱やあえぎのあひだから　おまへはわたくしにたのんだのだ　銀河や太陽気圏などとよばれたせかいの　そらからおちた雪のさいごのひとわんを……」とつづいている。もっとも西川徹郎によれば、「あめゆじゅ」はアミダの音であり、「とてちて」は「となえて」の意味だという。前の歌にある「一人の見者」には、この「見る者＝賢治」が響いていたのではなかったか。

宮沢賢治が、自身の郷土をいわばその外側に立った眼で発見、創造し直したとすれば、戦後の前登志夫は、郷土吉野を永い、永い歴史の時間の中から、まさしく「村に帰る」ことで「幻」か「処刑」のように発見し直したといえるだろう。そしてそれがたどれるのは、『子午線の繭』の第三章「交靈」以降である。歌の表現も明らかに変化していく。

夕闇にまぎれて村に近づけば盗賊のごとくわれは華やぐ　　　　『子午線の繭』

歸るとは幻ならむ麥の香の熟るる谷間にいくたびか問ふ
歸るとはつひの處刑《しおき》か谷間より湧きくる螢いくつ數へし
暗道《くらみち》のわれの歩みにまつはれる螢ありわれはいかなる河か
すでに朱の朝の戸口を塞ぎをる誰がししむらぞ青葉翳りて
山下り平野にかへる妻ありて道祖神《くなど》の丘に霰過ぎゆく
ふかぶかと睡れる妻とひと谷の叫喚《おらび》を聽けり夜のみなかみ

「もう村の叫びを誰もきかうとしないから村は沈黙した。わたしの叫びの意味を答へてはくれぬ。人はふたたび、村の向う側から、死者のやうに歩いてこなければならない。芳ばしい汗と、世界の問をもつて――」。このような言葉とともにはじまる「交靈」は、その第一首目の帰郷の歌から「盗賊」と「華やぐ」をめぐって多くの解釈を誘ってきた。都市に背をむけ、故郷の村に向って立つ歌人の華やぎとは、昂奮か、不安か、それとも不敵な輝きなのか。いずれにしても、これらの歌には、村の樹や死者や道祖神になまなましく巻き込まれていく昂奮と懊悩が、渦のようなしらべとなって響いている。背景には、エッセイ集『吉野紀行』の執筆と出版（一九六七年　角川書店刊）の仕事があり、自身の存在の根拠としてあらためて「吉野」を見出していく日々があった。つづく『靈異記』（一九七二年刊）『繩文紀』（一九七七刊）へと深化していく独自の世界のはじまりである。

さくら咲くその花影の水に研ぐ夢やはらかし朝《あした》の斧は
この父が鬼にかへらむ峠まで落暉《らくき》の坂を背負はれてゆけ
鈴つけて山道を行く鳴り出づるひそけき環《わ》にて死者とへだたる
をみなへし石に供ふる、石炎ゆるたむけの神に秋立てるはや
樹のなかを人はかよひきその貌のひとつだになき静けさを來つ
山の樹に白き花咲きをみなごの生まれ來につる、ほとぞかなしき
うろこ雲天《そら》いちめんに炎ゆるなり森の家族《うから》に星はこぶわれ
みなかみに筏を組めよましらども藤蔓もて故郷をくくれ
夜となりて山なみくろく聳ゆなり家族《うから》の睡りやままゆの睡り
戀ほしめば古國《ふるくに》ありき萬緑のひかりを聚《あつ》めふくろふ眠る

『靈異記』

『縄文紀』

「斧」を「研ぐ」「山道を行く」「をみなごの生まれ來につる」——歌には村の生活の実際が、孤独な歓びとともに色濃く映りはじめる。生活の現場とはいうものの、それは同時に物語や伝承の中の「花影の水」や「落暉の坂」とも見え、いわばその永遠の時空の中で「さくら」や

「神」や「家族」が鮮やかに浮き上がる。「山なみ」や「ましら」が生気づき、また「戀ほしめば古國ありき」と歌う呪的な韻律から、「ふくろふ」の眠る「古國」が揺らぎはじめるのだ。いわば〈非在〉の異郷として。

古國に抗《あらが》はむかなと生きながら別れを知るもふるくににして　『子午線の繭』
古國《ふるくに》を棄てざりしかもほととぎすいづこのふかき嶺を出づるや　『樹下集』
ふるくにのゆふべを匂ふ山櫻わが殺《あや》めたるもののしづけさ　『青童子』
さくら咲くゆふべの空のみづいろのくらくなるまで人をおもへり
屍骸《しかばね》となりゆくわれにふる花のやまざくらこそ遠く眺むれ　『野生の聲』

しかし、「古國・吉野」の血と歌人の血がたやすく親和した訳ではない。『青童子』に歌われている「ふるくに」の「山櫻」のなまなましさは、愛憎と葛藤の深さの証でもあろう。次の「さくら咲く」の歌では、「ゆふべの空の」花の息づきが「人」の面影を呼び起こさせる。この「人」は西行かもしれないが、そのこともすでにどうでもよいほどに、この自我の意識を消した歌には、「古國」の精気がたゆたっている。ここに前が求めてきた歌の姿があるといってもよく、「山櫻」「さくら」は、前にとって切り離すことが出来ない土地である「吉野」の別名ともなっていく。

3. 山人の歌

ところで、前が自らを「山人」と呼びはじめたのはいつごろからだろうか。『子午線の繭』にすでに「山人考」という長歌があるが、これは「山人」についての考察という趣であって、「山人」の名告りは、おそらく『縄文紀』の中の「春の山人」が初めだろう。

おたまじやくし群れゐる水にかげりつつ髣《ほの》かに過ぐる春の山人《やまびと》　『縄文紀』

朴の木の芽吹きのしたにかそかなる息するわれは春の山びと

垂直に樹液はのぼれ山びとの歌詠むこころ血のみなかみぞ　『樹下集』

山びとのかなしみふかし蠟燭の炎は搖るる森のあらしに

山人《やまびと》とわが名呼ばれむ萬綠のひかりの瀧にながく漂ふ　『流轉』

銀漢の闇にひらける山百合のかたはら過ぎてつひに山人　『鳥總立』

「山人」の歌を並べながら、樹や森の息づきそのもののような「山人」のやわらかな存在感にまず打たれる。そして、あらためて一つの発見をする。「山人」には、必ずしも実体がないということである。「山人」とは、たとえば「かげり」であり、「かそかなる息」であり、「血のみなかみ」であり、「ひかりの瀧」であり、「炎」を揺らす気配なのである。気配という意味では「山人」は「死者」と同じといってもいい。

むろん歌には、山の生活者として斧を研ぎ、山道を行き、木を植え、木を伐る生涯が詠まれている。『鳥總立』（二〇〇三年刊）では木の再生を祈る木こりの神事を高らかに歌い、自らが樹として再生することを遥々と夢みてもいる。しかし同じ歌集では、「木を伐らぬ木こり」という言葉にもたびたび出合う。おそらくこの言葉に、「山人」前登志夫の複合的な観念が込められているとみていいであろう。

鳥總立《とぶさだて》せし父祖《おほちち》よ、木を伐りし切株に置けば王のみ首《しるし》　『鳥總立』

わが睡るねむりの上に生ゆる木のこずゑの鳥總《とぶさ》風を孕めり　『大空の干瀬』

木を伐らぬ木《こ》こりの森に噴き出づる春の樹液よ空うす曇る　『鳥總立』

木を伐らぬ木《こ》こりなれどもくれなゐの焚火をなせり極月《ごくげつ》の山に

「木を伐らぬ木こり」という矛盾した言葉には、自身の一生を振り返ったときのひそかな羞恥と諧謔が見える。だがそれ以上に、その逆説的な存在には、森を失っている現代社会へ振り下ろした斧の一閃が潜んでいるのではないか。いいかえれば、前は「木を伐らぬ木こり」という言葉で、〈非在〉を生きる自らの生を、現代世界に向けて発信しているというべきだろう。山人とは、この地を決して手放さず生きる者が、その総体を賭して「現代」に挑む言葉の在り処なのである。

森の中に、前一族の墓がある。古国の森の奥に、まったく新しいかたちの死者の眠りがはじまっている。樹や獣や鳥や蝶のみと会話するような佇まいの中で、ただ宇宙からの客を待つ非在の駅としてである。

百合峠越え來しまひるどの地圖もその空閒をいまだに知らず　　『鳥總立』

山人の死——再読『野生の聲』

前登志夫の第十一歌集『野生の聲』は遺歌集である。二〇〇八（平成二十）年の逝去の後、「山繭の会」によってすみやかに編集、出版された最終歌集である。

前登志夫が亡くなって十年余の年月を経たいま、わたしの脳裏に折り折りこの歌集が蘇ってくる。その理由のひとつには、自分の年齢が前登志夫の逝去の年齢に近づいたということがあるのだろう。さらには、この十年余の間に地球環境の危機的変化をはじめ、世界中を襲っているコロナウイルス感染や国家間の侵攻・戦争の危機など、自然界や社会状況に予想を超えた大きな変動が起こっていることもある。情報社会は年々多様化し、時間・空間のありようはもとより、人間自体についての見方も大きく変わってきているように思う。内と外、我と彼というような概念にしても、果たしてそれがまだ有効なのかどうか。わたし自身にしてもこれまでとは違った変容感や圧迫感の中で暮らしながら、みずからの生を振り返ることが多くなった。

そうしたなか、三年前の夏に、わたしは吉野山中にひっそりと築かれた前登志夫の墓所を訪れた。そしてその墓所のあり方に強い衝撃を受けたのである。真新しい一族の墓石のほかは何ひとつない山中の空間——村や共同体からもまったく無縁につくられたその空間には、まぎれもなく歌人・前登志夫の死のかたちがあった。わたしは遺された前登志夫の言葉を聞きとり、彼の文学の核である〈非在〉の意味をまざまざとそこに見た。と同時に、天空に向かってははるばると開かれている墓所の豊かな時空感に、しばらく心を奪われていたのである。不思議な死者の時間の体験であった。そしてまさにその体験が、前登志夫の歌をあらためて考えるきっかけとなったのである。

*

きさらぎの雪ふる朝明天理教の大太鼓鳴り死者ゆたかなり
まつたけを採りたのしみしかの山の冬の泉にくちづける夢
もの食むをゆるされたれど何ひとつ食ひたきものの無き身となりぬ
餓鬼阿彌もよみがへりなば百合峠越えたかりけむどこにもあらねば
われはいま静かなる沼きさらぎの星のひかりを吉野へひきて
山かげの沼に群れをるおたまじやくし春のえにしを忘れざらめや

歌集『野生の聲』の最後に置かれた一連「春のえにし」は、読むたびに新鮮な感動をもたらす作品である。亡くなる年の冬、病院で死の床に臥せっている中で詠まれた十首である。ここにそのはじめの三首と終りの三首を引いた。歌を読みながら、このとき作者が死に近々と接していたということを、わたしはほとんど忘れてしまう。歌が死苦を払い落して純化されているように見えるからだ。生命の残り火をさぐる言葉が哀切でありながら、それでいて飄々と軽やかなのである。それはおそらく、作者の身体がすでにこの世を抜け出ていることの証でもあるのだろう。そこに在るものは身体でなく、いわば身体の記憶である。その記憶の中でかすかに残る自我意識が、「死者」の「ゆたか」さを感じ、「まつたけ」を採り、「泉にくちづけ」をして、「もの食む」感触を懐かしんでいる。かすかに生命のエロスを恋いながら。

では後半の三首はどうか。

餓鬼阿彌もよみがへりなば百合峠越えたかりけむどこにもあらねば

妙な歌である。いわゆる小栗伝説によれば、毒を呑まされ地獄に堕ちた小栗判官は、閻魔大王の慈悲により餓鬼阿彌となって現世に蘇る。さらにそのあと照手姫に車で曳かれて熊野をめざしている。前登志夫は自身の病む肉体をこの餓鬼阿彌に重ねていたのだろう。餓鬼阿彌の道中と重ねられることで、歌の中の百合峠はいっそう美しく、妖しく、またある意味では陰惨な生死の峠にも見えてくる。

だが、かつて前登志夫は百合峠をこのように詠んでいた。

百合峠越え來しまひるどの地圖もその空間をいまだに知らず　『鳥總立』

第八歌集『鳥總立』の巻頭歌であり、前登志夫の代表歌として多くの人の記憶に残る一首であろう。『鳥總立』の世界には、はるばると越えた百合峠がある。この魅力的な一首について、わたしはすでに何回か文章にしているので繰り返さないが、前登志夫の歌に、エッセイに、小説に、たびたびあらわれる象徴的な場所の一つといっていい。「どの地圖もその空間をいまだに知らず」というこの峠は、ありていにいえば現実と幻想との境界でもあろう。前登志夫はそこを「まひる」に越えて来たというのである。

一方、『野生の聲』の歌では、百合峠をもう一度越えて行きたいという願いを、餓鬼阿彌の姿を借りて歌っている。だが、そのすぐ後には「どこにもあらねば」ということわりめいた言葉が置かれ、いささかねじれた感じに襲われる。いったいこの結句にはどのような思いがあるのか。それは「どの地圖もその空間をいまだに知らず」を日常次元の言葉として言い換えたものなのか。つまり百合峠という〈非在〉の領域を自ら打ち消した諧謔や諦念の言葉なのだろうか。

ここでわたしがあらためて目を止めるのは、二句目の「よみがへりなば」という言葉である。再び小栗伝説にもどれば、餓鬼阿彌は照手姫に曳かれて熊野詣でをすることによって元の身体を得ていた。そのことを下敷きにして前登志夫の歌の「よみがへりなば」を読むと、まことに切ないものがある。彼はすでに「よみがへる」術のない自身の身体の現実を確信しているからだ。それゆえ、そこに見ているものは、もし蘇ったら――というありえない幻とともに浮かんだ百合峠というべきだろう。身体という〈現実〉と百合峠という〈幻〉との間を、〈歌〉はたゆたいながら、やがて〈現実〉の方へ拉がれていく。いやもっと端的にいえば、このとき身体の〈現実〉がすでに〈幻〉化しているゆえに、百合峠という〈幻〉は消えてしまったというべきか。

餓鬼阿彌については、この歌の数首前に次のような歌が二首ある。

むざんなれ。もみぢの敷ける山上の餓鬼阿彌の邊に霰たばしる
歌の友ら七十人とお山せりふりそそぐ日よ餓鬼阿彌われに

二首目の歌には「平成十九年六月七日」と註が付けられている。この日、「山繭の会」の歌人たちと三輪山に登ったのだろう。餓鬼阿彌の姿を被った作者の上に、降りそそぎくる紅葉や霰や日の光。人間の生の「むざん」を、紅葉や霰や日の光によって慰撫しているのだろうか。人間である餓鬼阿彌も、紅葉も霰も日の光も、ここでは境がなく、時間もなく、ただ明るく広

がっているようにみえる。

それでは、前登志夫が思い描いた再生のかたちとはどういうものであったか。餓鬼阿彌につづく二首は、まさしくそれを伝える辞世の二首である。

われはいま靜かなる沼きさらぎの星のひかりを吉野へひきて
山かげの沼に群れをるおたまじやくし春のえにしを忘れざらめや

「われはいま靜かなる沼」であるという。かつて「夜となりて雨降る山かくらやみに脚を伸ばせり川となるまで（『青童子』）」と、川とひとつになって雨夜の山を流れ下った身体も、今はもはや流れることのない静かな「山かげの沼」である。だがその代わりに、「沼」には「星のひかり」が降りそそぎ、「おたまじやくし」が群れている。「おたまじやくし」は生まれ変わった「われ」であるのかもしれない。そこに「吉野」という「えにし」が切なく響いている。

これは、あたかも涅槃図のような「沼」の風景といえないだろうか。わたしにはこの風景が、人間の臨終の情景というよりも自然現象としての生命の景色のように見えてくる。たとえば枯れた倒木がたくさんの苔や菌類やひこばえを生むような、あるいは死んだ獣が食われることで他の生き物を育てるといったような、自然界の生命回帰の風景である。歌人は自身の生の終焉を、そういう自然の生命現象の一つとして思い描いたのではなかったか。

そして、万感を込めた「吉野」がある。「吉野」とは彼にとって何であったか。花の吉野、史実の吉野、山人の吉野、家族とともに生きた日常の吉野。それらが一挙に渦巻きながら、しかし静かに臨終の彼を抱き包んでいただろう。そしてすべてが綯いまぜになりながら、「吉野」は「えにし」という深い謎となっていった。薄明のほほえみをもつ風景として。

＊

『野生の聲』を読み直してみると、歌のほとんどが辞世の歌であることにあらためて気づく。歌の制作期間が、二〇〇六年の暮から死の直前の二〇〇八年三月までの一年半ほどなので、当然のことにも思うが、いわば辞世歌集ともいうべきこの歌集には、「山人の死」を語る歌が多い。すでに前登志夫には「山人」として歌の生涯を閉じる思いが強くあったようである。

狩人のならひなるべし物蔭にわが身の消えてしまふ時あり
いつよりか山の語部まづわれは木木の語りを聴かむとすらむ
長かりしわが林住期やはらかき木《こ》の間の雪をふみてかへらむ
はやすでにわたくしといふもの無きとしれ雪雲《ゆきぐも》炎えて山の空ゆく

尾根づたひ雨降りくれば花しろく涅槃と書けり杉の立木に
屍骸《しかばね》となりゆくわれにふる花のやまざくらこそ遠く眺むれ
斧かつぎ歩みさらむか、人わすれ歩みさらむか、山越ゆる虹
立枯のかの大杉のゆつくりと髑髏《きれ》となりゆく山へかへらむ

「われ」は、「狩人」＝「山の語り部」としてすでにこの世における明確な存在感をもたないかのようである。それは老齢だからというのではなく、そもそも「狩人＝山人」というのは、「わが身の消えてしまふ」影武者なのだという意識なのだろう。では、影武者の主とは「山」なのだろうか。「われ」は「山」へ「木の間」の奥へ、しきりに「かへらむ」と歌う。「山」とは何かという深い謎に同化するように、自らの歌とともに帰って行こうとしているようだ。

前登志夫の「山人」の歌が、民俗学における山人の生死観と通じていることは確かなことだろう。しかし、たとえば『遠野物語』にみるような、山や村の閉じられた構図はそこにはない。むしろ山と木々に囲まれた偏狭な地を、宇宙に繋いでいくような創造的な時空の構想がある。民俗を宇宙的視野で捉えなおすといってもいい。そこに現代歌人としての前登志夫の証があり、また、それを〈吉野〉という奥深いトポスが見させた巨大な夢といってもいいのだろう。歌に

は神話性や寓話性が強くなる一方、私性はいよいよ薄くなる。そうして前登志夫ならではの死苦を超えた時空に読者を柔らかく解き放つ。

命終のおぼろおぼろにかすむ日はひとおもふこころやさしくあらむ
やまざくら遠く眺めてさかづきをしづかにあぐる翁となれり
雲かかる青き峯より鬼ひとりくだりこし日は木の葉さやげる
このままに眠りてしまふわれならず夕焼雲を帽子に掬ふ
星あかりにわれを尋ねてくるひとのきのことなれり傘をひらきて
秋草の山を下れよ山人《さんじん》の怒りうたへよ鱗雲炎《も》ゆ
かぎりなく輕くなりゆくいのちにて秋草原に風吹きゆかむ
山の家の庭にきたりて鹿鳴けばひと戀しかり星敷きつめて
ふりしきる雪の靜けさ聽きゐたる家族をかこむ森の魑魅《すだま》ら

山桜、翁、鬼、峯、夕焼雲、星、きのこ、秋草、鱗雲、風、鹿、恋、雪、魑魅——この世に「われ」を繋ぎ止めているもの一切とでもいうように、隔ても境もなく呼び込み、歌い止めている。ものの名を上げれば上げるほど、自らの「いのち」が「輕く」なっていく。そうして歌人は、自らが生涯をかけて愛しんできたものたちと、最後の別れをしているといってもいいのだろう。

生きものの名、地の名、天の名、霊の名、闇の名、それらは一つにまじりあった寓話的、神話的ないのちの時空として再生する。こんなにもゆたかに再生の歌をつむいだ歌人を、わたしはほかに知らない。あらためて『野生の聲』のこの時空に、第一歌集『子午線の繭』からの木霊をわたしはたしかに聴きとっている。

Ⅲ　歌の葛籠

斎藤茂吉の冬――雪と時雨をめぐって

斎藤茂吉にとって、冬とはどのような季節だったのか。また、冬の心を伝えるためのどのような表現の革新が試みられていたのだろうか。

茂吉は明治十五（一八八二）年に山形県金瓶村に生まれ、十四歳までそこで育った。おそらく彼の身体の中には、雪に代表される圧倒的な冬の情景が、深々と蓄積されていただろう。いわば原風景として身体化されている冬である。意識していたかどうかは別としても、冬の天候気象に敏感に反応する五感と肉体をもっていたことは、想像にかたくない。そしてそのことは、生活様式をはじめとして、茂吉の思想や感情などを意外に深く規制していたのではないだろうか。

振り返ってみれば、茂吉の冬の歌には、人々の記憶に鮮明に刻印されている代表歌が多いことにあらためて気づく。試みに記憶の中から引き出してみても、たちまち十指が埋まるだろう。

雪のなかに日の落つる見ゆほのぼのと懺悔《さんげ》の心かなしかれども　『赤光』
あま霧《きら》し雪ふる見れば飯《いひ》をくふ囚人《しうじん》のこころわれに湧きたり

電車《でんしや》とまるここは青山三丁目《あをやまさんちやうめ》染屋《そめや》の紺《こん》に雪《ゆき》ふり消居《けを》り　『あらたま』

ゆふされば大根《だいこん》の葉《は》にふる時雨《しぐれ》いたく寂《さび》しく降《ふ》りにけるかも

ものの行《ゆき》とどまらめやも山峡《やまかひ》の杉《すぎ》のたいぼくの寒《さむ》さのひびき

あしびきの山《やま》こがらしの行《ゆ》く寒《さむ》さ鴉《からす》のこゑはいよよ遠《とほ》しも

くやしまむ言《こと》も絶えたり爐《ろ》のなかに炎《ほのほ》のあそぶ冬のゆふぐれ　『小園』

かりがねも既にわたらずあまの原かぎりも知らに雪ふりみだる　『白き山』

最上川逆白波《さかしらなみ》のたつまでにふぶくゆふべとなりにけるかも

冬の景には色彩や明るさが乏しい。しかしその代わりに、雪や木枯らしや寒さなどが現身を研ぎ出し、自らの生や自然をみつめる視力を、重厚に、思索的にしていることがわかる。一首、一首を細かく見れば、「かりがね」や「逆白波」の歌にみる深々とした自然の気息や神秘性や、「炎のあそぶ冬のゆふぐれ」の重厚な生の詠嘆、あるいは「懺悔」や「囚人のこころ」を呼びおこした雪や「青山三丁目」の雪景色のような、定型的な冬の情趣を超えた新しい感覚や美などというように、その表情のあらわれ方は一様ではない。だが、いずれの歌においても、冬の景の沈黙と孤独に対峙した果てに、自然の中に深く自らの生を反響させ、解き放っているといえるのではないか。それを可能にしているのが、強くしなやかなしらべ、万葉調ともいわれる茂吉独特の韻律の深さである。

万葉語を復活させた古格のその文体と近代の風景とが、茂吉の内部であるときは陶然と溶けあい、あるときはきしんで弾きあう。それはとくに冬の歌に限ったことではないが、茂吉の詠う冬には近代短歌にとっての自然と風景論にあらたな息吹を見るように思う。

たとえば雪、吹雪、木枯らし、時雨……これらは冬の景色や季節感であると同時に、もっと具体的な、身体化された気象現象ともいえるだろう。雪や寒さにいちばん先に反応するのは、外ならぬ身体だからだ。身体に降りつもった光線や湿気が、人間の内面におよぼす力は決して小さくはあるまい。たとえば、遠いある日の日射しや空気の匂いが日常のふとした歪みや裂け目から驚くほど鮮やかに蘇り、目前の景色の色合いを変えてしまった経験はわたしにもある。そして茂吉の歌に、わたしはしばしばそのような、自分の中にあるはずもない景色の不思議な追体験をすることがある。それは郷愁にも似た感覚である。たとえば先に引いた雪の歌、

あま霧《きら》し雪ふる見れば飯《いひ》をくふ囚人《しうじん》のこころわれに湧きたり　『赤光』

もっとも忘れがたい、不可解な魅力をもつ雪の歌である。『赤光』初版では、「明治四十五年大正元年」の章の「雪ふる日」の三首目に入っている。茂吉はこのころ精神科医師として、

殺人未遂被告の精神状態鑑定を依頼され監獄に通っていた。「囚人」が登場することにはそういう日常が背景としてある。

だが、それにしても、この「ば」という確定を示す助詞で堅く結ばれた、「雪」と「飯をくふ囚人のこころ」との関係は奇異だ。しかも奇異な感じが読むたびに新鮮で古びない。「あま霧し」と歌いだされた二句までの表現は、大らかに格調高い万葉調である。それゆえ「雪」の情景も荘厳といっていい。だがそれは「飯をくふ囚人のこころ」になって一気に変わる。罪や罰、鉄格子や寒さや嘔吐、あるいはぎらぎらした飢えや押し込めた欲望などを、複雑に混沌とさせて連想させるからである。眼前の「雪」がにわかに人間くさく、さらに社会の闇までを濃厚にはらむことになるからである。

雪という自然現象は、たしかに人の心に何かを覚醒させる力をもつようだ。視界を閉ざして降る雪が、ここで懺悔を誘うように自らの飢えや原罪をあらわにしたのか。あるいは自然対人間という大きな構図が、ここにあらわに映されているからか。読者のさまざまな感情や想念を混然とふくんだまま、一首は「あま霧し雪ふる」という、自然の相のただ中に閉ざされていく。

むろんこの一首にとって「飯をくふ囚人のこころ」が要である。いや、つきつめていえば「飯をくふ」が絶対のことばだろう。「囚人のこころ」のみであったら、雪の景はもっと象徴性の強いものに終わったところを、この「飯をくふ」を置いたがために、生活的というか、身体的というか、あるいはけもの的といおうか、生きることとの根源的な悲哀感さえ含む情景に変わっていく。雪の景が静的な美の景色に終わらず、そこに生きているものの生きる身体が、五感が、なまなましくあらわれるからである。

「飯をくふ囚人」とはまさしく現実の、近代的光景に外ならない。とすれば、「あま霧し雪ふる」という景色が、たとえ万葉の雪の表情を仮装しようとも、当然ながらそれは近代の雪景色だ。だが、わたしをはじめとして読者の多くは、ここに汚濁のない原初的な雪＝自然の息づきを感受するのではないだろうか。むしろ「飯をくふ囚人」の方が雪に浄化されて、根源的な（あるいは永遠の）悲哀を帯びて見えてくる。いいかえれば、万葉語によって近代の雪の深い表情が浮かび上がるという逆説がここにあるともいえるだろう。一首の謎めいた魅力は、おそらくここに根ざしている。

風景の中に生きているもの（人間ばかりではない）の身体があること、それは茂吉の歌の一つの特徴といっていい。わたしの中にこのような歌がすぐ思い浮かぶ。

腹ばひになりて朱の墨すりしころ七面鳥に泡雪はふりし
しろがねの雪ふる山に人かよふ細ほそとして路見ゆるかな
『赤光』

しんしんと雪《ゆき》ふるなかにたたずめる馬《うま》の眼《まなこ》はまたたきにけり
ふゆ原《はら》に絵《ゑ》をかく男《をとこ》ひとり来《き》て動《うご》くけむりをかきはじめたり

『あらたま』

一首目は「さんげの心」の中の歌。〈雪のなかに日の落つる見ゆほのぼのと懺悔の心かなしかれども〉という、浄らかな雪の悲哀にはじまる一連の五首目にあたる。すぐ前には〈風ひきて寝てゐたりけり窓の戸に雪ふる聞ゆさらさらといひて〉という一首もあり、「腹ばひになりて」とは床の中ということかと思う。寝ながら絵をかこうとしたのだろうか、朱墨を磨っているらしい。らしい、といったのは「墨すりし」と過去形で、現実か回想か曖昧だからである。「朱の墨」と「七面鳥」と「泡雪」とが一つに収まった歌の空間は、色彩鮮やかな一幅の絵のようだ。だがこの歌、時間的には不明のところがある。「朱の墨すりしころ」と「泡雪はふりし」にはどんな時間的関係があるのか。二つの間に時差があるのかないのか。こういう文脈上の曖昧さや捩れもまた、茂吉の歌の魅力を深めているといわれるところだ。

ともあれ、ここでのわたしの関心は、「腹ばひになりて」ということばにある。身体の形をはっきりと思い浮かばせることばは、一首の中では一見散文的な、幼稚な表現ともみえる。だが、このなまっぽい現実感こそ、「七面鳥に泡雪はふりし」という幻のような景色に、肉体を含ませ、生命をもたせるという働きをしているといえるだろう。

同じように次の歌では、「しろがねの雪ふる山」の「路」に「人かよふ」跡を見る。「細ほそ」としたその路は、あたかも人間の生の気息のようだ。また、降りしきる雪の中にたたずむ「馬の眼」の「またたき」。「しんしんと」ふる「雪」は、その中に馬が佇み、瞬くことによって、いよいよ無垢なかなしみをつのらせている。

さむざむと秩父《ちちぶ》の山《やま》に入《い》りにけり馬《うま》は恐《おそ》るる山《やま》ふかみかも
ちちのみの秩父《ちちぶ》の山《やま》に時雨《しぐれ》ふり峽間《はざま》ほそ路《みち》に人《ひと》ぬるる見《み》ゆ
あしびきの山《やま》のはざまに幽《かす》かなる馬《うま》うづまりて霧《きり》たちのぼる

『あらたま』

これらの冬山の風景の中にも、同じように生きている人や馬がいる。そして人や馬の息によって、山や時雨や霧が自然の生命を灯しはじめている。

先の「ふゆ原」の歌にもどれば、この歌では、「絵をかく男」がやって「来て」、「動くけむりをかきはじめた」という。まさに動きばかりが重なっている一首だ。「ふゆ原」の「絵をかく男」の存在が妙にリアルに想像される。だがこの一首、動きを忠実に追って写実に徹した表現のようにみえながら、むしろ具体的な描写は何もない。「ふゆ原」「絵をかく男」「動くけむり」と大まかな表現があるのみだ。いや、細部描写がないためにかえって動きが印象づけられ、細々とのぼる煙や、それを描く男に想像力がそそられる。細部描写がないことも茂吉の表現の特徴といっていい。

人が、動物が（あるときは煙さえ）生きて動く。茂吉の歌の景の中には、生き物たちの気配や息づきがつねに内在されている。それは生活のある風景ともいいかえられるだろう。たとえば茂吉の代表歌として必ず上げられるこの一首、

ゆふされば大根《だいこん》の葉《は》にふる時雨《しぐれ》いたく寂《さび》しく降《ふ》りにけるかも　『あらたま』

この「大根の葉」がいかに新鮮か、「時雨」の伝統的情趣をいかに巧みに塗り替えたか、これまでの多くの称賛の上にさらにことばを重ねる必要はないだろう。私見をつけ加えるとすれば、わたしはこの「大根の葉」に、「時雨」とのことばの照応より先に、人間の生活の気配を読む、ということだ。

人が住めば、そこにまず植えられるのが大根、葱、青菜の類だろう。茂吉の時代にあっては、遠い田舎ならずとも、少し郊外に出れば小さな畑を簡単に目にしたはずだ。この歌の「大根の葉」の背後には、そのような平凡な、つつましい人の暮らしが感じられる。このときの「時雨」の音は、「大根の葉」を通して人間の生の寂寥をふかぶかと響かせていたにちがいない。

茂吉の歌う風景の生命感は、生活の気配や生きた身体を内在することによって新しく生み出された。そしてそのことが、茂吉にとっての「万葉」であったことはいうまでもない。

赤茄子の腐れてゐたるところより幾程《いくほど》もなき歩みなりけり　『赤光』

片山《かたやま》かげに青々《あをあを》として畑《はたけ》あり時雨《しぐれ》の雨《あめ》の降《ふ》りにけるかも　『あらたま』

一首目の「赤茄子」という新しい外来野菜と、二首目の「けるかも」という万葉文体をもって、近代の風景に新たな生命を吹き込もうという野心的意図が、たしかに込められていたと思うのである。

近代の風景観にひそむ基本的な特徴として、風景の死物化という傾向があったといわれている。つまり、急速に都市化して行く生活があり、交通の発達があり、写真や出版技術が進歩していく時代状況の中で、風景表現が定型化していくのである。風景を表現する文体と享受のマンネリズムがすでにはじまっていたということだろう。そのような定型化する風景の解放をもとめる動きの中に、茂吉の万葉回帰を捉えることもできるだろう。

ものの行《ゆき》とどまらめやも山峡《やまかひ》の杉《すぎ》のたいぼくの寒《さむ》さのひびき　『あらたま』

星空《ほしぞら》の中《なか》より降《ふ》らむみちのくの時雨《しぐれ》のあめは寂《さび》しきろかも　『小園』

かりがねも既にわたらずあまの原かぎりも知らに雪ふりみだる

最上川逆白波《さかしらなみ》のたつまでにふぶくゆふべとなりにけるかも　『白き山』

これらの歌に茂吉の風景歌の達成があるとすれば、細かい写実的描写とほとんど無縁のところで歌の宇宙が生成されているというほかないだろう。時雨も雪も、たんなる季節感をつきぬけて何という深いことばの宇宙だろう。歌にとって韻律こそ思想なのだとあらためて思わせる。古語の韻きに蓄えられたエネルギーを最大に引き出すことで、歌は写実を超えた生命力を示している。冬の景はどこまでも荘厳に、人間の生の悲哀をひたひたと汲み上げ、解き放っているように思われる。

瘋癲と邪宗――『赤光』と『桐の花』より

かの岡に瘋癲院のたちたるは邪宗来《じゃしゅうらい》より悲しかるらむ
斎藤茂吉

いうまでもなく、茂吉の『赤光』の一首。「瘋癲院」などと古風な、厳しい字面のことばを使っているが、これは茂吉の義父が建てた青山脳病院のこと。明治三十六（一九〇三）年に建築、開院されたこの脳病院は、ローマ式建築だったという。茂吉は新しく建てられたこの脳病院を見ながら、「邪宗来より悲しかるらむ」という。精神の病は、永く気狂い、狐憑きなどと差別的にいわれ、その血筋忌み嫌われ、隠されてもきた。そうした偏見がいちおう解放される時代が来たとはいうものの、いや、それゆえにというべきだろうか、白日のもとの脳病院はいっそう複雑な悲哀をあらわにし、かの国禁を犯して伝来したキリスト教よりもさらに悲しい、というのである。

ここで「瘋癲院」と「邪宗来」とが並べられたのは、ローマ式建築であったという脳病院の外観からの連想だろうか。あるいは、精神病理学もキリスト教も、同じように西洋から伝来したものというところからの連想だろうか。「茂吉がここでこの言葉（「邪宗」）を用ひるのは、いささかの衒ひと嫌悪が感じられる。杢太郎、白秋の顰に倣ひつつ、一方では、基督教にあまり好感を抱いてゐないことを、極く間接的に表明してゐるのだ」とは、塚本邦雄の『茂吉秀歌――『赤光』百首』における解読である。

白秋が処女詩集『邪宗門』を出版したのは明治四十二（一九〇九）年であった。邪宗門とはもちろんキリスト教が邪教視された時代の呼称であるが、九州・柳川生まれの白秋にとって、それは宗教というよりもっと自然な故郷の、南蛮趣味の詩情をふくんだことばであったといっていいようだ。白秋はしかし、『邪宗門』の序では「我ら近代邪宗門の徒」と、それを比喩として使い、新しい時代の詩人の畏怖と好奇を賭けたマニフェストとしたのである。官能耽美的な感覚と魔的なことば、斬新な装幀に飾られた詩集『邪宗門』は、当時の詩壇に異常な衝撃をあたえたという。歌集『桐の花』出版の四年ほど前のことである。先の茂吉の歌の「邪宗」には、この白秋の影がどのくらい射していただろうか。

『赤光』と『桐の花』、どちらも大正二（一九一三）年に第一歌集として刊行されている。作者たちの年齢もほぼ同じく、精神科医と詩人と、その生活形態は違っても、当時それぞれ東京内に暮らし、同じ時代を目にし、同じ時代の空気を吸っていたわけである。とすれば、似たようなことばや景色が作品にあらわれるのは自然なことかも知れない。冒頭歌の「瘋癲院」に関連したところでは、『赤光』と『桐の花』にこんな歌がある。

ダアリヤは黒し笑ひて去りゆける狂人は終《つひ》にかへり見ずけり　斎藤茂吉

自殺せる狂者《きやうじや》をあかき火に葬《はふ》りにんげんの世に戦《をのの》きにけり

歇私的里《ヒステリー》の冬の発作のさみしさのうす雪となりふる雨となり　北原白秋

春はもや静こころなし歇私的里《ヒステリー》の人妻の面《かほ》のさみしきがほど

わたしは以前、「『赤光』の風景」というエッセイのなかで、明治後半期において脳病、神経病は時代を象徴する病気だったと書いたことがある。文明開化という名の近代化が身のうちに抱えこんだ疲れと病みが、国をも人をも襲い、時代を象徴する景色として脳病院が次々と建ったのだ。その内部で精神科医であった茂吉の「狂人」の歌が、いかに衝撃的に、深く人間の謎をつきつけたか、すでに周知のことである。

白秋の「歇私的里《ヒステリー》」は、比較すればムード的であるといわざるをえない。この「人妻」は、白秋が姦通罪で訴えられた恋愛の相手、松下俊子である。それゆえ狂の気配といっても、むしろエロスを多分にふくんだ美の表情とさえいえる。茂吉の狂人を、囲われた閉鎖的な狂というとすれば、白秋のは境界のない日常的な狂といえようか。では次のような歌ではどうか。

ひた赤し煉瓦の塀はひた赤し女《をんな》刺しし男に物《もの》いひ居れば　斎藤茂吉

ほほけたる囚人の眼のやや光り女を云ふかも刺しし女を
巻尺《まきじやく》を囚人のあたまに当て居りて風吹き来しに外面《そとも》を見たり
かなしきは人間のみち牢獄《ひとや》みち馬車の軋《きし》みてゆく礫道《こいしみち》
大空に円き日輪血のごとし禍《まが》つ監獄《ひとや》にわれ堕《お》ちてゆく
一列《ひとつら》に手錠はめられ十二人涙ながせば鳩ぽつぽ飛ぶ

北原白秋

二つの歌集に、「狂人」と「囚人」とがごく近接した形で、共通して歌われていることも興味深い。茂吉の歌は精神科医として囚人の精神鑑定に監獄に通っていたときのもの。歌の印象の強さは、医師として囚人を見る者の眼の強さといってもいい。一方、白秋の歌は先の人妻との姦通罪によって収監された、いわば囚人としての実体験の歌である。場所は同じでも赤い煉瓦の塀の内と外と、その立場は全く逆である。そしてこのことは、茂吉と白秋の詩質の違いをいくばくか象徴しているように思う。

茂吉の歌に官僚的、エリート的気質を見るといえば、白秋の歌は情感強く、頽廃的である。だが、囚人の頭に巻尺を当てながら窓外の風を見ている茂吉と、囚人として手錠をはめられ一列に並ばせられている自分を「鳩ぽつぽ飛ぶ」と歌う白秋と、果たしてどちらが異様かは断定できない。瘋癲と邪宗という言葉が引き寄せる人間存在への興味にほかならない。

若山牧水――海の声のみなもとを訪ねて

平成二十一（二〇〇八）年十二月半ば、千葉県南房州の根本海岸へ出掛ける。JR内房線に乗り、千葉から館山まで二時間あまり、そこからバスで白浜方面へ向かう。根本海岸は房総半島の南の果て、岩礁と波と白浜のおりなす景色の美しい海岸である。

その日はよく晴れて温かく、冬ながら海は明るい藍色をしていた。西根本でバスを降りると、野水仙や金盞花がもう咲いている。ここはわたしの生地・上総の南隣。久しぶりの海の香を吸いながら、ちょうど百年前の冬、牧水はこの海の景色を眼にしていたのだとわたしは思った。

明治四十（一九〇七）年十二月二十七日から十日あまりを、牧水は恋人園田小枝子と根本海岸に滞在している。牧水二十三歳の恋の旅であった。

だが当時、牧水はどうやってここまで来たのだろうか。明治四十年には鉄道はまだここまで通っていない。現在の外房線に当たる房総線が、中間地点の大原まで開通したのが明治三十二（一八九八）年。それより南はトンネルが多いので、大正年間をかけて一駅ずつゆっくり延びて行き、遅れていた北條線（内房線）開通とともに、房総半島環状線が全開通したのは昭和四（一九二九）年であった。

牧水は、房総半島の入口にあたる大原までは鉄道で来たのだろうか。それから先はもちろん徒歩だろう。恋人連れであることを考えれば、あるいは船か。乗り合い自動車は走っていたのか。牛、馬車なども使ったのだろうか。

牧水の旅のエッセーを読むと、牧水は脚絆《きゃはん》、草鞋《わらじ》がけで実によく歩いている。当時、交通の便のない所への旅は、歩くしかなかったと言えばそれまでだが、現代に暮らしている私は、ともするとそのことを忘れる。「旅人」ということばを枕詞のように冠せられる牧水だが、その旅は、現代の旅のイメージとはまったく異なるものだったろう。

旅の速度が異なれば五感の体験が大きく異なる。歩く旅では目的地よりむしろ道中に旅の実感があったのではないだろうか。牧水は海の光や響きや香を、たっぷりと身に充たしながら房総半島を南下していったのだ。第一歌集『海の声』(明治四十一年刊)を開いてはじめに思ったのは、そういうことだった。

われ歌をうたへりけふも故わかぬかなしみどもにうち追はれつつ
白鳥《しらとり》は哀《かな》しからずや空の青海のあをにも染まずただよふ
海を見て世にみなし児《ご》のわが性《さが》は涙わりなしほほゑみて泣く

『海の声』

『海の声』の冒頭部分から引いた。「旅」ということばはないが、旅中での歌と見ていいだろう。一首目は巻頭歌。「われ歌をうたへり」とは巻頭にふさわしい言挙げだが、この「歌」を「旅」に変えてみても大きな違いはなさそうだ。『海の声』は青春の透明な感傷性が特徴だが、ここにあらためて取り出してみると、いずれも随分寂しい歌だ。源に色濃い悲哀がある。そしてその悲哀は、青春の感傷というよりもっとずっと深い、歌人生来の、宿痾《しゅくあ》のような悲哀であるように思える。牧水自身そのことを十分自覚していることが歌からうかがえる。

名歌として名高い白鳥の歌は、安房の海を詠んだものではないらしいが、根本海岸に立てられた歌碑にはこの一首も彫られている。白鳥とは鷗《かもめ》だろう。空の青にも海の青にも、どちらにも染まらずにただよう鷗よ、おまえはかなしくはないか、と歌う。二句切れの詠嘆の深さから一首をおおう浪漫的な悲哀感は明らかだが、同時にそこには鷗に托《たく》した甘やかな自尊の意識があることも確かだろう。旅人の生をひとり特権的に生きることを選んだ自尊と悲哀と。青のなかの一点の白は、その象徴といっていい。

「世にみなし児《ご》のわが性《さが》」とは、いいかえれば社会や群衆からの欠落の感覚であろう。現実のなかに生きる場をもてない彼は海を友として、海に涙する。そのように『海の声』の歌の多くは、日常的な人や場や時間と切り離されている。他者としてあるものは、ただ海と波と太陽と白鳥。そのことが牧水の旅の歌をひときわ孤独で透明なものにしている。裏返せば、彼がなぜ飽くなく旅をしたのかという理由も、そこから透けて見えてくる。

牧水の旅は目的を持っていない。それはいわば究極の何ものかの別名であり、彼は自己の存在をかけて、そこにことばの力のすべてを注いだのである。

*

牧水は謎の深い歌人である。たった四十四年の短い人生の間に、永遠の生命をもつ歌をざくざく生んだ。一生のうち一七〇〇余日も旅をし、二二八六首もの旅の歌をつくり、魂の孤独を歌い続けた。

実を言うと、わたしはこれまで牧水の歌をしっかりと読んだことがなかった。それなのに何故かよく知っているような気がしていた。おそらく、「白鳥は哀しからずや」や「幾山河越えさり行かば」などを歌曲としてうたったり、誰かが口にする酒の一首を耳にしたりすることで、牧水の大衆的なイメージを身につけてしまったからだろう。

だがいま、あらためて歌やエッセーを読んでいくうちに、そのイメージは次第に揺らぎ始めた。読むほどに、見知らぬ牧水があらわれてくる。

第一歌集『海の声』に触れたなかで、牧水の旅は目的を持っておらず、現実的な人や物から切り離された特権的な時間であった、とわたしは述べた。いや、根本海岸では園田小枝子と過ごしたではないか、という反論は当然ある。では、その恋の日々はどう歌われただろうか。

わだつみの白昼《ひる》のうしほの濃みどりに額《ぬか》うちひたし君恋ひ泣かむ　『海の声』
忍びかに白鳥啼けりあまりにも凪ぎはてし海を怨ずるがごと

牧水は、『海の歌』の冒頭部分に、「安房にて」と註をつけた四十九首の歌を載せている。園田小枝子への思いがもっとも翳りなく、純粋に燃えていた日々の歌である。まず一連のはじめの部分からの二首。恋の昂揚感が大海を巻きこみながら、そのまま歌の韻律となって燃え上がっている。恋と怨とが恍惚《こうこつ》と混じり合い、テンションの高さに読者も思わずくらくらと眩暈《げんうん》するような歌だ。そしてそれが最高潮にいたったとき、

ああ接吻《くちづけ》海そのままに日は行かず鳥翔《ま》ひながら死《う》せ果てよいま
接吻《くちづ》くるわれらがまへに涯《はて》もなう海ひらけたり神よいづこに
山を見よ山に日は照る海を見よ海に日は照るいざ唇《くち》を君

という絶唱になる。

三首とも接吻の歌だが、開放感に充ちているのは海を背景としているからか。一首目はひときわ大胆不敵で、なんという堂々たる迫力。接吻のその瞬間、海も太陽も動きを止め、鳥は翔《ま》いながら死ねよと命じている。恋の歓喜の絶頂は死に通じ、時間は消え、瞬間が永遠に変じる。とはいっても、これほど気宇壮大な接吻の歌は、かつても、そしてこの後も、もう生まれないだろう。

牧水のもとめる恋は、このように海と山と太陽とを相手に繰り広げる神聖な恋であった。それは、男女という人間臭さをはるかに超越しているといってもいい。

牧水独特の恋の構図は、次の歌ではさらに顕著になる。

ともすれば君口無しになりたまふ海な眺めそ海にとられむ
君かりにかのわだつみに思はれて言ひよられなばいかにしたまふ

恋人に、海をみつめすぎてはいけない、海に言い寄られ、海にとられる危険があるという。海を擬人化しているといえば簡単だが、「われ」と「君」と「海」とを恋の三角関係にまで発展させる構図はあまり類がない。あたかも神話のなかの神々の恋のようではないか。

恋人を別の男にとられるのではなく、海にとられるという。牧水にとって、他者とは人ではなく、あくまでも海、山、自然なのである。生身の女性との恋の破局は、すでに見えている。

わがこころ海に吸はれぬ海すひぬそのたたかひに瞳《め》は燃ゆるかな　『海の声』

海に吸われるか、海を吸いとるか、その闘いに瞳が燃えるという。牧水のこのときの生命的充実感は、大きな自然を前にしたときの、流れるような悲哀感とも重なるのではないか。一種の無常感にも近い。そうして悲哀の底に沈むとき、はじめて身体と精神が安定し、人とつながり、他者と融合できると感じられる。牧水の恋の歌には、そのようないのちの充実感と悲哀との謎が深く秘められている。

＊

牧水にとって、この世の地誌的区分は「都市」と「海山」しかなかったのではないだろうか。牧水の旅の歌には地名がない。『海の声』を読み始めてすぐに気付くことの一つである。

わたしは牧水が安房の根本海岸へ行き着くまでの道中を、あれこれ想像してみたりしたのだが、その道中においても、また滞在においても、地名は歌にまったくでてこない。これは一般的な旅行詠のおもむきと大きく異なる。さらには固有名詞もごく少なく、牧水の旅が、風土や文化への知的欲望から、いかに遠いものであるかをよく物語っている。

幾山河越えさり行かば寂しさの終《は》てなむ国ぞ今日《けふ》も旅ゆく　『海の声』

いざ行かむ行きてまだ見ぬ山を見むこのさびしさに君は耐《た》ふるや　『独り歌へる』

二首目の歌は第二歌集『独り歌へる』(明治四十三年刊) 所収のもの。一首目とともに牧水の旅を象徴する歌としてよく知られている。どちらも「山河」と「行く」と「寂しさ」だけで一首が成り立ち、純一な、普遍的な旅の寂しさが響きわたっている歌だ。だが、言ってみれば抽象的な、観念的なその寂寥感が、万人の胸にしみ通るのはなぜなのか。

幾山河を越えた果てに、何かがあるというのではない。それゆえに寂しいのである。ただ、山河の大きさのなかで、独り屹立していることだけが、今日の自己の証——日本人にとって共有しやすく、しかし同時に謎を秘めた自然観がここにある。

いわゆる近代人の孤独とは (現代のわたしたちのものもふくめて)、社会の中の孤独を意味する。社会や都市のシステムの中に、はめ込まれることから生まれる孤独感である。そしてその孤独を癒すために、わたしたちは旅に出たりする。

だが、牧水の旅の孤独とは、この構図の枠よりもう少し大きい。あるいはもう少し古い。それは日本人が永い時間をかけて感性化してきた、あの無常観とも通じる生命の寂寥感と言ってもいい。牧水の歌は、生命の寂寥の原郷に、「いざ行かむ」と誘っているのである。

そして何よりも、彼の歌は一種の音楽であろう。その韻律はつねに分析を拒み、パラフレーズをあざ笑い、伝記的解説さえも無意味にする。けれど、ひとたび耳に入れれば、その者の魂を恍惚と昇天させ、耳の奥深くしみつき、無限の山河からの透明な谺《こだま》をとこしえに響かせる。その栄光と反面の孤独や苦しみの交響こそ、山河をさまよい、原郷を慕うロマン派の宿命であろう。

わが行くは山の窪なるひとつ路冬日ひかりて氷りたる路　『くろ土』

水涸れし渓に沿ひつつひとりゆく旅のひと日の冬日うららか

はつとしてわれに返れば満目《まんもく》の冬草山をわが歩み居り　『路上』

忘却《ばうきやく》のかげかさびしきいちにんの人あり旅をながれ渡れる

ほと、ぎす聴きつ、立てば一滴《ひとたま》のつゆより寂しわれ生きてあり　『独り歌へる』

どの歌からも、果てのない旅を独り行く旅人の孤独と、それゆえの自由がよく伝わってくる。三首目にはそんな旅人としての自分を客観視する、もう一人の自分がいる。亡失していた己をはっとしてとり戻した刹那、旅人に迫る満目の冬草山の静寂と凄《すご》み。それはまた、「忘却のかげか」とあるように、時に生の内実を亡失して、影のように旅をながれ渡る自己を意識する。

むしろ空虚であるがゆえに「一滴のつゆ」にも満たない自身の身体に、ほととぎすの声を契機として山河草木の巨大な寂寥がなだれ込むのである。

牧水という歌人を振り返るとき、わたしの中に鮮やかに浮かんでくる究極のイメージがある。それはあの『海の声』の一首、「白鳥《しら》は哀《かな》しからずや空の青海のあをにも染まずただよふ」に歌われていた白鳥の飛翔のイメージだ。「ただよふ」とあるが、わたしの中ではこの白鳥は動いてはいない。一瞬を切りとられた映像だ。空と海との絶対的な青の天地の動きの中に、磔《はりつけ》のように止められた白い飛翔の翼。それは、浪漫者・牧水を一生呪縛し続けた魂のかたちではなかったか。

心が風景となるまで——片山廣子と若山喜志子

朝日新聞ではこのところ一世紀ぶりと銘打って夏目漱石の新聞小説をつぎつぎに再掲載しているが、これが読者たちにあらたな漱石への関心や思索を引き起こしているようだ。現在は『門』の連載が始まったところ。発表当時の日付は明治四十三年、一九一〇年の三月である。

かく言うわたしもけっこう熱心な読者であって、『こゝろ』『三四郎』『それから』『門』と、朝々紙面を切り抜くなどと古風なことまでして読み継いでいる。読みながらしばしば思うのは、小説の主人公に添っているヒロインたち、とくに『それから』の三千代や『門』の御米は、どのような心の風景を生きていたのだろうか、ということである。むろん小説には漱石という男性作家の眼を通した彼女たちの日常の姿や言葉が、鮮明な輪郭をもって書かれている。それは明治末という時代の中にあってごく平均的な女の生の在り様なのか、あるいは多分にはみ出した、新しい形なのか。その寡黙な身体にはどのような声を潜ませていたのか。

というのも、わたしの中には反射的に与謝野晶子の歌の強烈な情景が浮かんでくるからである。三千代や御米は、いわば晶子とほぼ同世代である。だが、二つの女性の声はずいぶん隔たったものにみえる。そんな思いから、大正時代を生きていた女性歌人への関心が新たにわたしの中に広がってきた。近代初めの彼女たちは、移ろっていく日々の中で、どんな風景を見つめていたのか。歌にあらわれた生の思いやその想像力を、とくに「風景」との関わりの上で考えてみたい。

何となく眺むる春の生垣を鳥とび立ちぬ野に飛びにけり
何となく心清まる朝日かなこのくま笹の霜のしろさよ
月の夜や何とはなしに眺むればわがたましひの羽の音する
何となき物のすさびにゆめみつる夢の人とも異なれるかな

『翡翠』

片山廣子の第一歌集『翡翠』の歌である。片山廣子という歌人にあらためて目をとどめたのは、まずこのような歌に出合ったからだ。つまり「何となく」という言葉のためである。一首目は巻頭歌だが、そもそも「何となく」などというぼんやりした言葉から開かれている歌集など、現在でも滅多にない。不用意とも無防備とも見えるこの言葉が、わたしには妙に新鮮に感じられたのである。しかも「何となく」が『翡翠』には一、二度ならずあらわれてくる。そして「何となく」は「眺むる」という行為につづいている。いうまでもないが「眺むる」は「見る」とは違うだろう。たとえばここに、小野小町の「花の色はうつりにけりないたづらにわが身世にふるながめせしまに」の「ながめ」と同質の眼をわたしは感じるのだが、そうであるとすれば、片山の歌の「眺むる」には「もの思い」という心の形と時間の経過とが含まれているだろう。作者の眼は「生垣の鳥」や「くま笹の霜」を映しながら、それらの突然の動きや色の変化によって、むしろ自身の内部や心が眺め返されているといってもいい。

春の生垣をとび立ち野に飛んでいった鳥とは、憧れという心の象徴でもあろうか。また月の夜には「わがたましひの羽の音」が聞こえるという。景の目覚めが心の目覚めをうながしているという初々しい予感、それが「何となく」という言葉の内実ではなかったか。王朝文学の「ながめ」の感性に、「生垣の鳥」という日常の景色がつながれていく。等身大の自我表現の新鮮さともいえようか。さらに、王朝文学の「ながめ」の景色が多く過去に向かったのに対して、片山の歌では「野」へ、未知へ向かって開いていこうとする感性があるといえるだろう。

『翡翠』は大正五年、一九一六年に刊行された片山廣子の第一歌集である。ここでの作品は『現代短歌全集　第三巻』（筑摩書房刊）から引いたが、その巻末解題によると、片山廣子は明治十一年二月、東京生まれ。十代の終わりに竹柏会に入会し、佐佐木信綱に師事。第一歌集刊行の後、アイルランド文学に親しみ、翻訳に没頭、しばらく歌から遠ざかったが、昭和十年ごろから再び作歌しはじめた、とある。

『翡翠』からもう少し歌を引く。

すみとほる光の底にやすらへる枯木を見つつ心静けし
さまざまの形の石は水仙のかげなる水に沈みてありけり
わがめづるあぢさゐの花うす青うかげの国より得し色にさく
菊の影大きく映る日の縁に猫がゆめみる人になりしゆめ
神います遠つ青ぞら幕の如ふとひらかれて見つるまぼろし

『翡翠』を読んでいくと、「見る」という行為を通しての想像力に、かなり独特なものがあることにも気づく。たとえば「すみとほる光の底にやすらへる枯木」とは森の中の景色であろうか。だがそれは森の生命力というよりも、死の静けさをただよわせた景色といった方がふさわしい。叙景的な表現に見えるが、より抽象化された情景でもあろう。それを「見つつ」作者は「心静けし」という。

次の歌の景色もすこぶる暗示的だが、「水仙のかげ」の「水底の石」にはやはり死のイメージがありそうだ。また「あぢさゐ」の花の青色を「かげの国より得し色」といい、「菊の影」が大きく映る「縁」で「猫」が「人になりしゆめ」を見るともいう。片山の想像力は日常の現実感を超えて寓話や神話のイメージの方へ向かう傾向が強く、ときには西洋的風貌の「神」の幻もあらわれてくる。いずれにしても和歌的景物が西洋的色彩の光や影によって描き直されていることは確かだろう。影が多く歌われているほどには暗くなく、透明感のある硬質な世界さえ感じさせる。それはおそらく、彼女の言葉を動かしているものが、情念というよりも理知の力によるからでもあろう。「覚めむとして覚め得ざる心の姿」などというのも、その一例といっていい。片山廣子は、同時代の女性の中でもひときわ鮮明な精神世界を感じさせる歌人である。

ところで目下、古谷智子によって「片山廣子ノート」という重厚な考察が「歌壇」誌上に連載中である。その論考の中に、芥川龍之介と片山廣子との交流を述べながら、冒頭に引いた「何となく眺むる春の生垣を」の一首を、芥川が高く評価していることが記されている。芥川は、佐佐木信綱の「在来の境地を離れて、一歩を新しい路に投じ様としてゐる」という言葉に接いで、この一首は「其未来を暗示するもの」と述べ、さらに次のような歌も含めて、作為がなく品格のある落ち着いた内容と、なめらかな韻律をもつ形式の美を肯定していたと古谷は記している。

日の光る木の間にやすむ小雀ら木の葉うごけば尾を振りてゐぬ
沈丁花咲きつづきたる石だたみ静かにふみて戸の前に立つ

たしかに作為のない、清新な印象の歌である。平穏な風景が切りとられているが平凡ではない。眼が生きている歌でありながら、感覚の鋭さというより静謐な心の在りようが伝わってくるのは、自我が極力抑えられているためであろう。いわゆる根岸派の自然詠とも異なり、むしろ尾上柴舟・金子薫園らの提唱した「叙景詩」の趣をわたしに思い起させる。ともあれこの時代、自然詠をめぐるさまざまな躍動と影響の中に片山廣子の新鮮な「叙景」が存在していたことは、確認しておく必要があるだろう。

しかしながら、大雑把な言い方になるが、この当時、こと「自然」詠に関しては、おおよそ男性歌人のものだったという印象がわたしにはある。女性の歌は、自然や風景が直に、そして素早く「思い」の方へ、つまり情緒や情念に結びつくことが多い。自然や風景が思索や観念にまで凝縮する前に、「愛」や「恋」の喩として働くことがこの時代の女性の歌の特徴であったといってもいいだろう。そうした流れを見すえつつ、片山は時代を生きる新しい心の景色をつくり出そうとしていたのではないだろうか。

ここでもう一人、若山喜志子の歌集『無花果』に目を留めてみたい。『無花果』は大正四(一九一五)年の末に刊行。やはり喜志子の第一歌集だが、年齢の上では片山廣子より十歳年下である。歌は同じく『現代短歌全集　第三巻』より引く。

陽を仰がぬ心やすさよ何もかも忘れはてよと雨はふりつゝ　『無花果』
地の底にひそめる春か萌えいづる青といふ青の生けるまなざし
日の照れば鷺もたちまちくわと光り空にかくれつ見えつ悲しき
赤い入日赤い入日とさりげなく背《せ》の子ゆすぶりかへる草原
水鳥《みづとり》の群れゐてけじめわきかぬるはかなさに似て動ける電車

このような歌から若山喜志子という歌人の声が確かに聞こえてくるのである。その声は「何もかも忘れはてよ」をはじめとして「悲しき」「はかなさ」など、負の感情を強くストレートに吐露しているのだが、その詠嘆を呼び起こした風景の表情には独特のものがある。たとえば春の息吹に「青といふ青の生けるまなざし」を感受し、「赤い入日赤い入日」と呪文のようにつぶやきながら草野を帰るという。風景に身を投げ込むのか、いや風景を身に引き込むのか、そんな無垢な力が喜志子の言葉にはある。心と風景は分かちがたく、心象風景という言葉さえもどかしいような切迫感ともいえようか。最後の歌の、電車の動きを水鳥の動きに喩えているところなど、この歌人の子供のような自然への感受性が、そのまま日常の景色のなかに生きていることを明かしている。

たまゆらに見はてぬなげきおぼえけりうす紫《むらさき》にうれし無花果《いちぢく》
何もかも桜のやうに見ゆる日ぞ暗き心は死をおもひながら
ほのかなる空の深みに蒼じめり身も蒼じめり見ゆる草山
風ふけば野は一つらに揺れなびきゆれなびきわがたゆき梭の手
『無花果』

風景のもつ力によって日常世界は揺すぶられ、変容する。そのことを、すでに早く喜志子の歌が示していたことを忘れずにいたいと思う。

戦後の女性の内部には…『現代女人歌集』を読む

『現代女人歌集』は、昭和二十四（一九四九）年に創刊された女性のみの超結社誌「女人短歌」の六〇号を記念して出版されたもの。創刊時から三十九年までに在籍した歌人それぞれの歌集抜粋を集めた一大アンソロジーである。収録歌人の数だけでもおよそ二〇〇人に近い。戦後まもなくであれば作者たちの生活環境もじつにさまざまで、むろん歌の主題や表現も多彩である。一巻全体の見通しなど単純にできないのは当然だが、ただ、いま少しずつページを繰っていくと、その無限につづくような歌の群に、しだいに深く圧倒されてくる。そこから響いてくるのは、自らの生き方や存在を問う真摯で理知的な女のことばであり、いわば拘束を解かれたようにあふれ出た女の声のエネルギーである。

周知のように、昭和二十一年から二十六年にかけて、釈迢空は女歌にとって重要な三つの論を発表した。「女流短歌史」「女人短歌序説」「女流の歌を閉塞したもの」である。これらの論のなかで迢空は、「ろまんちつくであり、せんちめんたるであるといふことが、女流文学の一つの特徴」であるとくり返しながら、「アララギ第一のしくじりは女の歌を殺して了つた――女歌の伝統を放逐してしまつたやうに見えることです」といっている。迢空は時代的な状況と歌の本質との二つの視点から、女歌の蘇生を待望したのである。

おそらくこのときの沼空のことばには、戦後まもなく短歌否定論が書かれたことへの危機感が重たく内攻していただろう。だが同時にそれは、戦争が終結した解放感をいちはやく身にまとい、男たちよりむしろ自由に社会に向かって動き始めようとしていた女性歌人たちへの、力強い援護ともなったに違いない。『現代女人歌集』から響いてくるのはそうした女性たちの凜々たる気運であり、声である。

まず、戦後まだ日の浅い時期の作品からひいてみる。

たすきに自が名かけるは生きながらの墓標とも見ゆ兵を見送る　阿部静枝
紙を漉《す》き長き小作と生きし母のわれに遺《のこ》せし生命《いのち》は愛《を》しめ　芦田高子
進駐兵わかく清潔に奈良公園をあゆみゐるなり春のくれがた　北見志保子
白パンの肌やはらかしかかるものありと知らざりし子に切りてゐる　五島美代子
昨日ひとり今日また一人兵帰る村はひそけし蜻蛉も飛ばず　四賀光子

五島の歌集『丘の上』がもっとも早く昭和二十三年刊、阿部の『霜の道』が二十五年刊、芦田の『流檜』と北見の『花のかげ』が二十六年刊、四賀の『双飛燕』が二十七年刊である。見ての通り、いずれの歌にも戦争の影が直接的である。だが、出征兵士の身にかけた襷を「生きながらの墓標」と告発し、一人また一人と敗戦兵士が帰還してくる「村」の空虚さを浮き彫りにできるのは、まさしく戦争が終わった証しに外ならない。戦時に押し殺されていた思いとことばを真っ先に放つのは、いつの世でもまず女、つまり直接に戦うことのない者たちの役目といってもいいのだろう。これらの歌の作者たちも、戦争の影のなかから生命的な光の方へ身を動かす。自らの「生命は愛しめ」と言い放ち、「進駐兵のわかく清潔」な肢体にも目を向け、「白パンの肌のやわらかさ」を子供に知らしめる、というように。心や感覚がことばとともにやわらかく息を吹き返しているのがよくわかる。そうして、これらの歌とともに次のような歌が、女の生命の証しのように並んでいることも興味深い。

胸のなかに白き花咲くほのあかり会ひて語りし人を秘めつつ　阿部静枝
愛情の一すぢに高くある昼をまなかひに能登の海盛《も》りあがる　芦田高子
人恋ふはかなしきものと平城山《ならやま》にもとほりきつつ堪へがたかりき　北見志保子
子を抱《いだ》き妄念熄《や》む時はあらず餓鬼道修羅道身に近しと思ふ　五島美代子
ざくろ一つ爆ぜてある日や満木の果実ことごとく火の匂ひする　四賀光子

現実の恋愛であれ、架空の思いであれ、あるいはほのかであれ、強烈であれ、ここには一様に「恋うる」という心が歌われている。いや、恋ということにいささか違和を感じるならば、自身の内に燃える火を見据えるところから歌を立ち上がらせているといい替えてもいい。しかも、沼空のいう「ろまんちつくであり、せんちめんたるである」心の表出をはじめとして、五島の愛の「妄念」をみつめる理知的な自我表現や、四賀の抑制された喩的表現まで、その領域はかなり広い。この幅広く深い懐から、まったく新しい女の歌が孵化していく。

『現代女人歌集』のなかでも、昭和二十八、九年は一つのピークである。当時の歌壇に問題を投げかけた歌集が、この二年の間に次々と出版されているからである。まず二十八年に斎藤史の『うたのゆくへ』、森岡貞香『白蛾』、生方たつゑ『雪の音譜』、二十九年に真鍋美恵子『朱夏』、中城ふみ子『乳房喪失』、葛原妙子『飛行』など、女性の歌の状況がいかに熱と力を帯びていたかを物語る。

くろぐろと裂けし谷間の夜のふかさ照りてとどかぬ月渡りつつ
白きうさぎ雪の山より出でて来て殺されたれば眼《め》を開き居り　　斎藤　史

拒みがたきわが少年の愛のしぐさ頤に手触り来その父のごと
飛ばぬ重き蛾はふるひつつ女身われとあはさりてしまふ薄暮のうつつに　　森岡貞香

草の汁浸みてこはばる手をひたす清きまみづを犯すがごとく　生方たつゑ

おのづから枯れし樹骸がたつなぎさ放たれてあればまた孤《ひとり》なり　真鍋美恵子

体温をもたぬ植物の清潔を疲れし夜半にわれはおもへる

春の嵐吹く街を来つ地下店にハムの切口の紅き色冴ゆ

唇を捺されて乳房熱かりき癌は嘲ふがにひそかに成さる　中城ふみ子

冬の皺よせゐる海よ今少し生きて己れの無惨を見むか

糸杉がめらめらと宙に攣づる絵をさびしくこころあへぐ日に見き　葛原妙子

天窓より秋のひかりの降りきたりひと塚《つか》の塩きらめきにけり

すでに現代短歌の古典といってもいいような、人々の記憶に銘記された歌ばかりである。わたし自身もいかにこれらを栄養にしてきたかをあらためて思う。たとえば斎藤史の、自然の構造や生の奥行を凝視する視線の強さや、森岡の身体を通した心理や生の陰翳、あるいは生方の孤独な自我の意識と感覚、これらは写実・反写実というものさしでは計りきれない感覚と発想からの、新しい生の表現といっていい。そして、その鋭敏で創造的な感覚や発想を、女性ならではのものと評されることも多かったのである。

女性のその性の部分の解釈と評価をめぐって、もっとも激しい、センセーショナルな矢面に立たされたのが、周知のように中城ふみ子の歌であった。離婚や恋愛や乳癌など、いわば女の性の匂いにまみれた歌への反発が、尾山篤二郎や近藤芳美など主に男性側から激しく沸騰したのである。たしかに一身の生命を懸けた歌には、露骨な性や捨て身の演技や自虐がきらきらしく絡み合い、単純に好悪の上からいっても賛否の分かれるところだろう。だが、それゆえに歌は逆説的なエネルギーに満ち、生の悲劇に輝いている。

中城にたいするこうした批判を受けて立ったのが、葛原妙子の「再び女人の歌を閉塞するもの」(「短歌」昭和三十)であった。中城ふみ子一人の援護を越えて、戦後の女流短歌の本質に迫ったその論を、一部分だけだが抜き出しておきたい。葛原はこのようにいう。「戦後の女性の内部に、氏の見知らぬ乾燥した、又粘着した醜い情緒があるといふ事実である。そしてひよつとしたら、さうしたものの一部は、女性の本質の中に昔からあつたものかもしれない。それと同時に今迄の短歌的な情緒とはやや異質なものが、別に生れてゐるといふ事も確かである。それらを露はにする多少の勇気を、限られた現在の女流の人達が持つた」

ここには難解派というレッテルを貼られた葛原自身をはじめ、森岡や真鍋たち女性の歌の根源が端的に語られている。葛原はさらに、鋭敏な感覚や想像力による反写実のリアリズムを主張して、現代短歌の表現を理論の上でも切り開いていった。すでにそこには、写実的な性を超えた女性性というべきものが明視されていたことは明らかだろう。

わたしはここで、葛原の「戦後の女性の内部に、（略）乾燥した、又粘着した醜い情緒があるといふ事実」ということばが見逃せない。戦後まもなくの彼女たちの歌が、何故あれほどの内面の力と輝きに充ちていたか、その謎を考えるとき、そこに戦争体験の後遺症ともいうべき「乾燥した、又粘着した醜い情緒」を置くと納得できるからである。外側の、つまり現実の重さ苛酷さこそが、内面を、思索や感覚や幻想を育て、鍛え、磨きあげるということを、わたしはここでいまさらながら確認するからである。

かたはらにおく幻の椅子一つあくがれて待つ夜もなし今は　大西民子
わかさぎは卵をとられ死ぬといふみづうみに聞く春の叫喚　北沢郁子
女にて生まざることも罪の如し秘かにものの種乾く季《とき》　富小路禎子

これらの歌もまた、現実の苛酷さを梃子にしてそれぞれの内面が輝いているといえるだろう。むろんわたしは、ここで確認したことをすぐに現在に接続できるとは思っていない。現在のわたしにとって社会や世界との関係は、いや身体や性でさえ、ずっと曖昧複雑なものになっている。そのようななかで内側の力をいかにことばとして蓄えることができるか――『現代女人歌集』はその問を新たにしたのである。

歌われた風景・浅間山——葛原妙子と窪田空穂

草枯るる秋高原のしづけさに火を噴く山のひとつ立ちたる　『橙黄』葛原妙子

葛原妙子のこの一首を読んだ時の衝撃をわたしは忘れていない。わたしが歌をようやく作り始めた頃の、葛原妙子との鮮烈な出会いであった。

『橙黄』は葛原妙子の第一歌集である。昭和二十五（一九五〇）年十一月刊行で、昭和十九年から二十五年までの作品、年齢でいうと三十七歳から四十三歳にかけての作品がおさめられている。この一首は巻頭歌であるが、歌の前には「昭和十九年秋、単身三児を伴ひ浅間山麓沓掛に疎開、防寒、食料に全く自信なし」という日録風な詞書きがついている。歌集は、敗戦間近の厳しい状況下の東京を逃れて、浅間山麓沓掛に疎開したところからはじまっているのである。

巻頭に屹立しているこの一首、いや、屹立しているのは「火を噴く山」というべきか。むろん、この山は浅間山である。さながらヴェスヴィオ火山のような神話的な山の風貌は、「火を噴く山」という言葉によることは間違いない。その言葉の異様さが、まずわたしを震撼させたのである。疎開という生活の困難を告知するかのように、「草枯るる秋高原」に静かに立つ「火を噴く山」。葛原の眼はなぜこのように風景をとらえたのだろう。わたしが直感したのは、そこに葛原にとっての新しい風景の発見があったのではないかということであった。

黒き海鳴るとぞおもふ月明の浅間の樹林にこもらむ風か　『橙黄』
萩、尾花ただれしごとく地《つち》に伏す身ふるふごとき早霜の凍《し》み
蛾の骸《むくろ》掃きて寝むとす射す月のしづけさしみて殺気に通ふ
霧の花しらしら咲ける山みれば夫よかの世よ杳《とほ》かりにけり
まどろみのたゆき日東京は燃えてゐし人燃えてゐし山鳩啼きて
竹煮ぐさしらしら白き日を翻《かへ》す異変といふはかくしづけきか
秋の蜂柘榴をめぐり鋼鉄の匂ひを含むけさの空なり
とり落さば火焔とならむてのひらのひとつ柘榴の重みにし耐ふ

つづいてこのような風景が詠まれている。五首目に「東京は燃えてゐし人燃えてゐし」と空襲下の東京の戦火が生々しい言葉で歌われているが、そこから辛くも逃れ来た葛原は、信州に来て浅間山の「火」を見た。非常事態の中の高ぶる感覚が、信州の風景をして過剰に身を襲わ

せたことは想像に難くないが、それにしても歌にとらえられている景色はいずれも尋常の秋の風情ではない。人の言葉は、いくら積み重ね、広げてみたところで高が知れている。そうしたことをわたしたちは、日頃の暮らしの中でしばしば体得する。しかし、その暮らしを異変が襲うとき、言葉も尋常でないものを帯びてくるようだ。

たとえば風は無明の海鳴りを響かせ、萩、尾花はただれ伏し、月光は殺気を孕む。また竹煮ぐさや水かぎろひは、そのままこの世の異変や滅びを告知する。それは戦時下を生きる者にとっての情況的な感覚ともいえるが、しかしその感覚には、なにか原初的光景を見つめているような強い視線をさえ感じさせるのである。たとえていえば、初めて自然と対峙した人間の不安や恐怖のようなもの、あるいは鮮烈な美への畏敬のようなものが、これらの歌には色濃くただよっている。さらにつづく歌をみれば、「柘榴」＝「鋼鉄」、「柘榴」＝「火焔」という比喩によって、信州の自然は新しい相貌につぎつぎに塗り替えられているように見えるのである。

「常に生命の不安を感じ、死の孤独の恐怖に見舞はれ続けてゐる自分が、ハッキリと死を予感した事が最近に二度まであつた。さういふ時、作歌意慾は見苦しい程減退した。だがさうした場合に感覚する自分を取巻くものの美しさは又格別であつた」。『橙黄』の「あとがき」に、自然と生命との関係がこう記されている。いったい「格別」な「美しさ」とは何であろうか。

砂金のごとく陽にきらめけるをみなへしこころ貧しくみるべきならず
喪のいろのたぐひとおもふもんぺ穿き山の華麗に対《むか》はむとする
『橙黄』

「こころの貧し」さや「喪のいろ」をまとった身体を、陽にきらめく「をみなへし」や「山の華麗」の前に映し出すことによって、精神を自然の輝きへと跳躍させる契機となっているようでもある。

疎開は、いわば流謫の日々である。これまでの生活の基盤を失い、過去への喪失感と未来への不安とが重なる日々であり、都会的、文化的風景になじんでいた感覚が荒々しい風景に取り巻かれる日々だ。風景との出会いといっても、むろんそれは旅人の経験とは別種のものである。「身ふるふごとき早霜の凍み」「月のしづけさしみて殺気に通ふ」という情景に日々さらされながら、葛原の生の感覚は異様に冴えていく。

また、「とり落さば火焔とならむ」と歌われた「柘榴」は、手榴弾を連想させるきな臭い比喩ともいえようが、わたしにとっては「柘榴」を通していわば野生の相――人間にとって恩恵であり、同時に災いでもある相を思い出させるのである。

葛原にかぎらず、自身の生を襲ってくる自然の相貌は、その場を宰領する主体の心の苦悶と相関する。そうしたなかで葛原の苦悶の中核をなすのは、おそらく喪失感であろう。もとよりそれは、葛原一個人を超えた敗戦による日本という国の喪失、一時代の喪失につながっている。ただし、葛原の見出す風景の鮮烈さには、その大きな喪失感をもとにした空間恐怖というべき感覚が、根底に重く存在していることを忘れてはなるまい。精神的な空間恐怖はわれわれ人間に抽象を求めさせる。それはたとえばあの古代のピラミッド建造の例を思い起こせばいい。葛原の自然にたいする抽象的把握力もまた、そこに由来するものといっていいだろう。

浅間山周辺の自然の光景は、一つの時代を生きる葛原の激しい喪失感にそのまま見合っていた。その光景は、喪失感を償い、慰藉や浄化をもたらす風物としてではなく、むしろ心の荒涼さをそのまま映し出す原初的自然として、葛原の精神にあらたな生命を予感させることになったのではないか。

さて、ここに時を同じくして詠まれたもう一つの浅間山がある。窪田空穂の歌集『冬木原』の中の浅間山である。

朝戸あけてあふぎ驚くましろくも近く迫りて立つ浅間山
浅間やま一夜《ひとよ》がうちに真白くもなりつくしてはいや大いなり
『冬木原』窪田空穂

空穂は昭和二十年三月十日の東京大空襲の直後に信州松本の和田村の生家に疎開し、間もなく軽井沢に移った。そこで敗戦の日を迎え、十一月には帰京することになるのだが、ここにあげた二首は帰京を目前とした頃の「軽井沢の冬」一連の中のものである。「朝戸あけてあふぎ驚く」「一夜がうちに真白くも」と、晩秋の朝に、初めての雪を被った浅間山を眼にして、あらたな驚きと心躍りを歌っている。「近く迫りて」「いや大いなり」と感動の言葉は奇を衒わず率直である。何よりも故郷のわが山というような、いやもっとおおらかな「山」そのものへの信頼と親愛が感じられるところに、空穂の山の歌の特徴があるといっていい。初冠雪の浅間山を眼にしながら、この時の空穂の心には敗戦の重い翳りが消えていたのかもしれない。

『冬木原』の中には、ほかにも北アルプスの山嶺がいくどか詠まれている。空穂にとっての親しき、懐かしき山々である。

朝日かげさすにさやけき空かぎり大いなるかな信濃山なみ
乗鞍の二並《ふたな》む峰のましろきが秋空澄みて間近くも見ゆ
春山のいく重が奥にわだかまり雪にましろき鍋かぶり岳
春山のむらさき帯びてにほふ上に雪にけはしき常念が岳
ましろなる翼ひろげて春山を腹すり越えむつばくらが岳

『冬木原』

空穂が実際に山に登る、登山者であったことはよく知られている。大正二年に槍ヶ岳登山を果し、その折の歌が代表歌となっていることもよく知られているだろう。

「槍ヶ岳に登ったのは、空穂が歌人では初めてである」と、来嶋靖生はエッセイ「空穂と日本アルプス」(『窪田空穂とその周辺』)の中でいう。

「明治十年、松本市和田に生を受けた空穂は、幼い頃から朝に夕にアルプスの山々を仰いで育った。松本中学には、八キロの道を徒歩で通学した。通学の道すがら目に入る山の姿は、四季それぞれに変化を見せ、少年通治の胸にいつとなく大きな、ゆたかな夢をはぐくんでいったに違いない。東京に出てからも空穂はことあるごとに郷里を想い、信濃の山々を歌に詠み続けた。空穂にとって日本アルプスの山々は当然登るべきものとして存在していた」。来嶋はこのように書き、空穂の山の歌が山を歩き、登るという行動をもとにしていることを明記している。

さらに来嶋は、空穂のエッセイ『日本アルプスへ』の中に「明治三十四、五年の頃、小島烏水君から、私の郷里に近い辺だからといふので、その渓谷へはいる路順を尋ねられて、島々までの路順を説いた」と記されていることに注目して、この「事実は日本の山岳史上、重要な証言である」とも述べる。烏水が槍ヶ岳登頂に成功したのは明治三十五年八月、その体験を「槍ヶ岳探検記」に記している。つづいて烏水は「日本山岳美論」を書いているが、これらの書を当然空穂は読んでいただろう。

この頃日本には志賀重昂の「日本風景論」や、イギリス人の宣教師であり登山家でもあるウェストンの「日本アルプスの登山と探検」などの著作によって、「登山」という概念が人々の中に新しく浮上し、日本古来の「山」の相貌が変質しつつある時代でもあった。空穂の歌う「山」には、そうした登山者が捉えた山の表情がよく見えているだろう。それは、神として、祖霊として、あるいは太母としてというような山の表情とは異なり、いわば偉大な地形そのものへの憧憬と躍動感の爽快な表情としての山である。

空穂が槍ヶ岳・焼岳に登ったのは大正二年八月。その体験を歌集『濁れる川』（大正四・一九一五年刊）と『鳥声集』（大正五・一九一六年刊）に数多く残している。その中の一首を引いてみる。

槍ヶ岳そのいただきの岩にすがり天《あめ》の真中《まなか》に立ちたり我は　　『鳥声集』

槍ヶ岳山頂にようやく登りついて昂揚したこの「我」は、まさしく「天の真中」にすっくりと立つ精神そのものといえるだろう。ここには葛原妙子と対照的な、歌われた山の姿がある。

前川佐美雄・白鬼とことだま──『大和』を中心に

1

わたしが初めて読んだ前川佐美雄の歌は、歌集『大和』(昭和十五・一九四〇年刊)のいくつかの歌であった。その当時、短歌の知識も経験も浅かったわたしにとって、『大和』は衝撃だった。

ゆく秋のわが身せつなく儚《はかな》くて樹《き》に登りゆさゆさ紅葉《こうえふ》散らす
喬木の上にゐるのは野がらすか白痴のわれか霜降れば鳴けり
父の名も母の名もわすれみな忘れ不敵なる石の花とひらけり
ゆふ風に萩むらの萩咲き出せばわがたましひの通りみち見ゆ

このような歌を読みながら言葉の鮮烈さにまず驚いたのである。それまでに出会ったことのない歌だとも思った。だが同時に、よく知っている世界の匂いもわたしは感じていたようだ。

それはいってみれば王朝和歌の匂いだったが、そのときふいに、式子内親王の「玉の緒よ絶えなば絶えねながらへば忍ぶる事のよわりもぞする」の一首が浮かんできたのである。あの絶唱の切って落とすような気息や、祈りとも呪詛ともいえる韻律のカタルシスを思いつつ、そうした言葉の音楽の中に〈京《みやこ》〉の文化の匂いを嗅ぎとっていたようだ。

たとえば「白痴」や「不敵なる石の花」という自我の仮面が、「紅葉」「萩」「ゆく秋」「ゆふ風」という伝統的な秋の景色にあらたな血を通わせている斬新さ。幻想と現実の入り混じったような歌の景色には、雅と狂気とが垂直に結びついている。それは、「野がらす」から「白痴のわれ」へと一気に跳躍する世界であり、そこに説明しているゆとりはない。いいかえれば、まだ明瞭に世界をつかんでいない言葉が、感覚や情念のなまなましさのままに——それゆえに言葉が〈もの〉そのものの厚みを帯びて吐き出されているのである。この垂直の言葉のなまなましさこそ、前川佐美雄の歌の呪力であり、また難解さでもあると感じさせたのである。

言葉の垂直性を証明するように、歌の中の「われ」はさかんに跳躍する。『大和』には「飛ぶ」という行動がたびたび歌われている。

たつた一人の母狂はせし夕ぐれをきらきら光る山から飛べり
月きよき秋の夜なかを崖《がけ》に立ち白鬼《はくき》となつてほうほう飛べり

千万年生きてゐしとて何ならむ雪こほる山の夜に飛ばむとす

一首目は、一読たちまち心に棲みついてしまった歌だが、この「母」は、では誰なのか。むろん現実の母も含まれていようが、それ以上に私性を超えた象徴的な母のイメージが濃い。もとより佐美雄の言葉は、現実をそのまま写し取るものではなく、この母も、母を狂わせたものも、いうなれば比喩である。おそらくこの「母」には、作者を生み、育てた大和という地がもたらす伝統、文化など、いわば感性と精神の〈母胎〉という意味が重ねられているだろう。その母を「狂はせ」て、一人きらきらと「光る山」から「飛ぶ」。またあるときは「千万年」という時間の虚しさに「ほうほう」と「飛ぶ」というのである。

それゆえに、というべきだろうか。これらの歌には悲劇的な相貌が共通してみえる。「飛ぶ」ことがあたかも自殺行為のようで、飛行のイメージが、たとえばシャガールの絵に見られるような天空との抱擁感を与えてくれない。「白鬼となつて」と歌われるように、霊＝〈もの〉となった「われ」の幻像が中空をただようのだが、現実の身体を「白鬼」の身体にすり替えての飛行には、かなり覚めた狂気の意識があるようだ。そこに反響するのは恍惚と虚無、あるいは哀愁とイロニーが一体となった声だ。わたしはそれを前川佐美雄の宿命的な、そして天性の音楽として聞くのである。

まかがやく夕日のなかに眼《め》をとぢよかくして今も由緒ただしき
野いばらの咲き匂ふ土のまがなしく生きものは皆そこを動くな
春がすみいよよ濃くなる真昼間のなにも見えねば大和と思へ
あかあかと硝子戸照らす夕べなり鋭《するど》きものはいのちあぶなし
万緑《ばんりよく》のなかに独《ひと》りのおのれゐてうらがなし鳥のゆくみちを思《も》へ

『大和』の中の秀歌をあげれば切りがない。ここに引いた歌も佐美雄の代表歌として人に記憶されているものだ。すぐに気づくことは、歌に響いている強い意志である。「眼をとぢよ」「動くな」「思へ」などの命令形もそれを際立てている。この命令の言葉は、だが外へ向けられたものではないだろう。自身の内に向かって同調を強いる声だ。いいかえれば、「まかがやく夕日」を、「野いばらの咲き匂ふ土」を、「春がすみ」を、眼の力をもって見つめ、揺さぶり、隠された何かを磨り出そうとする。そうすることで眼前の風景は外在の景から内在の景となる。すなわち身体化する。「まがなし」「いのちあぶなし」「うらがなし」というような、己れの生命の息づきを深くこもらせた景色に変容させるといってもいい。「万緑」の中の「独り」、この対比の中で僥倖としての人間存在を感じているのだ。「われ」という近代の主体が風景との通路を息づかせた瞬間である。

2

前川佐美雄の出発点は、この『大和』に先立って昭和五年に刊行した歌集『植物祭』で、ここに大正十五年九月から昭和三年までの歌を収めている。佐美雄にはそれ以前にも多くの歌があり、ずっと後年になってからその一部を歌集『春の日』（昭和十八年刊）として刊行しているが、『植物祭』出版の時点では、それ以前の歌は全て切り捨てる意思があったようだ。

「本歌集には大正十五年九月以前の作品は、全部これを割愛した。（略）それらはどうも古典派のにほひがする。寧ろ古典派の悪趣味にひつかかつてゐる部類に属するのだ。そしてこれこそが今日の全歌壇の傾向だ。この傾向は甚だ僕を面白がらせない。若くして年寄じみた古典派の悪趣味、さうした骨董的な作品には、おほよそ好意が持ちえられない。常識と人情との一点張りで、それは又何んとじめじめとした日本の家屋であることだらう。僕はそれに反逆した。それを清算することにつとめた」。

『植物祭』の後記に明確にこう述べている。当時の歌壇を「古典派の悪趣味」「骨董的」「常識と人情との一点張り」と切り捨て、また「じめじめとした日本の家屋」に喩えて、それへの反逆を宣言していたのである。

なにゆゑに室《へや》は四角でならぬかときちがひのやうに室を見まはす
床《とこ》の間《ま》に祭られてあるわが首をうつつならねば泣いて見てゐし
あはれわがこの室のうちに押入のひとつあるこそなつかしきかな
ぞろぞろと鳥けだものをひきつれて秋晴の街にあそび行きたし
合はせては掌《て》のなかに生《うま》るわがこころこれを遠べの草木におくる
はろばろと虚しい魂《たま》をはこび来た野の一樹《いちじゅ》かげくろい蝶のむれ

四角い室や床の間、押入という言葉で否定的に歌われている「日本の家屋」。佐美雄にとってそれは当時の歌壇の傾向としての常識的人情などを意味していたのであろう。悪態にも似た歌は、破天荒な奇想の乱暴な表現のように見えながら、いまあらためて読むと、深い息づかいを伴った絶妙な文体とも見える。それが煩悶の重苦しさを押しつけてこないのは、諧謔が明るさをもたらすためであり、「床の間に祭られてあるわが首」に涙し、「押入」を「なつかしし」むなど、その反逆も愛憎も混沌として単純ではない。

そのような歌とともに、まことに佐美雄らしい典雅な幻想や稚気にあふれた歌が、すでに『植物祭』にいくつも見られる。そこに引きつれている鳥や獣、草木や蝶たちは、いわば古き大和のもののけたちの化身であり、また何よりも佐美雄自身の化身であろう。この呪詛と幻想は、『植物祭』を原点として佐美雄の生涯の歌に貫かれている。

3

『植物祭』刊行から『大和』刊行までは十年。この間の歌を『大和』出版の翌十六年に第三歌集『白鳳』として出版する。つづいて十七年に『天平雲』を出版。歌の制作順でいえば『白鳳』『大和』『天平雲』となるこれら三歌集は、佐美雄の歌の一つの頂点である。

野にかへり野に爬虫類をやしなふはつひに復讐にそなへむがため　『白鳳』
野にかへり春億万の花のなかに探《さが》したづぬるわが母はなし
彼らには白痴のやうに見えるからわれ山越えて行くこともある
棒ふつて藪椿の花を落としゐるまつたく神はどこにもをらぬ
若葉して世はどことなくたのしきに皆飛びおりよ飛びおりよかし

『白鳳』の歌の制作期間は、後記によれば「昭和五年の春から同十年に至る五、六年」とあるが、この歌集は『植物祭』における青春の苦悩と夢想を通過して、まさに鮮烈に世界を転回させた感がある。『大和』への先駆的な歌集ともいえ、「白痴」や「母」や「飛行」がすでに

「われ」の揺らぎを負って歌われている。それらは『大和』に比べれば日常性が濃いともいえるが、歌にはむしろ現実を空無化する構図が明確にみえる。そこに当時の西欧文学思潮の影響をみることもできるだろう。つまり「母」や「白痴」や「神」などが、従来の因果律から自由な時空を広げているのである。

『白鳳』の巻頭歌は、周知のように、「爬虫類」を引き連れての「野」への強烈な帰還宣言である。佐美雄は昭和八年二月に東京を引き払い奈良に帰住する。「野にかへり」の背景に現実の帰郷があることは確かだが、じつはこの一首は「帰郷以前のものである」と伊藤一彦は指摘している（『鑑賞・現代短歌　前川佐美雄』）。伊藤はさらに、「単に故郷大和に帰ることではなく」、「文明に見切りをつけ」、「すでに滅びたもの、いま滅ぼされつつあるもの」の象徴である「爬虫類」とともに、「復讐」を誓う歌であろうと解説する。当時の近代化を急ぐ日本に対峙した反文明、反近代の詩的精神が、佐美雄の歌の根幹に強く存在するということだろう。そこから振り返れば、『植物祭』の反逆も、『白鳳』の白痴も、『大和』の白鬼もいっそうわかりやすい。

西方《せいはう》は十万億土あかあかあかと夕焼くるときに鼠のこゑす
『天平雲』

あかからひく夕かぎろひは立ちにつつ地閑寂《つちかんじやく》のさまぞかなしき

あかあかと紅葉《もみぢ》を焚きぬいにしへは三千の威儀おこなはれけむ
おぎろなきものの威力とつつしめば魂《たましひ》は尾にありてなげきぬ

『天平雲』に入ると、大和という地が放つ「夕かぎろひ」や「威儀」や「威力」が底深い存在の声をあげている。大和に生まれたという地縁の自明性は拡散して、「天平雲」の浮かぶ遥かな時空が、「鼠のこゑ」や「魂」とともに読者を誘うのである。

ところで大和との地縁といえば、『大和』の象徴的な一首「春がすみいよよ濃くなる真昼間のなにも見えねば大和と思へ」を振り返らないわけにはいかない。前登志夫は「この歌が秀れているのは、大和の実景と本質を一言にしてとらえ、同時になにも見えないという覚醒において原郷を見ているのであり、記念すべき自己発見を遂げた趣がある」(『山河慟哭』)と捉えていた。ここに加えるべき言葉はないだろう。ただ『大和』の中にはこの類想歌が三首ある。「春霞いや濃《こ》くなりて何も見えねばここに家畜をあがめむとする」、「真昼間の霞いよいよ濃くなりてむせぶがごとく独《ひとり》なりけり」、「逝く春の霞ぞふかき真昼間は屋根にのぼれども眼《め》の見えはせぬ」である。佐美雄にとって「大和」とは、「なにも見えない」「春霞」という具体的な景物を通して捉えたのちに一挙に「大和と思へ」と飛躍をとげていたことを確認しておくべきだろう。

さて、大和の前川佐美雄といえば、反射的に思い浮かぶのは、吉野の前登志夫であろう。師弟でもあった間柄を、前登志夫自身は「郷党」という言葉でくくっている。いうまでもなく、「大和＝国原」と「吉野＝山」という古い歴史のある郷党である。前登志夫は、佐美雄の帰郷の二十年後に、高度経済成長期の都市を離れて帰郷し、「夕闇にまぎれて村に近づけば盗賊のごとくわれは華やぐ」と歌っていた。そしてその村は「歸るとは幻ならむ麥の香の熟るる谷間にいくたびか問ふ」と歌っていたように、はじめから「幻」の村であった。そうして自身を「山人」という非在の存在となし、その場所から大和を、日本を見据えていたのである。

「大和朝廷に対する吉野という発想ほど、日本文化の基本的なパターンはあるまい」。「平野が象徴する文明と日常性と俗流に対する、反文明の世界、神秘と精神の場所としての山びとを思う」と述べ、その「山びとの象徴する反世界のイメージ」は、「平野人の意識の中から生みだされた異系である」（『存在の秋』）とも語っていた。

柳田國男を思わせるこのような前登志夫の言葉の根幹には、前川佐美雄という存在が大きくあることをあらためて思う。大和の時空を往来する佐美雄の「鬼」を見据えての前登志夫の「山人」であっただろう。

人はどんな地の記憶をもって生きるのか。グローバルな情報世界の広がる現代だが、誰にとっても生の記憶の刻まれた地は意外に狭く、限定されているものだ。佐美雄が生涯をかけて歌った「大和」は、あらためて生きる記憶として地の意味をふり返らせる。
佐美雄の「鬼」の行方を追う余裕が無くなったが、戦後の歌集から二首を引いておこう。「大和＝原郷」が「滅び」とともにあることを、「戦後日本」に重ねて見据えての「鬼」である。

火の如くなりてわが行く枯野原二月の雲雀身ぬちに入れぬ　『捜神』
ほろびゆくつひの終りを守《まも》りあへずわが身をすらも幻《まぼろし》にしき　『白木黒木』

森岡貞香ノート——『白蛾』再読

森岡貞香が亡くなってからすでに三年あまりになる。この間三冊の遺歌集がつぎつぎに刊行され、多くの追悼、回顧の文章が書かれた。また最近にも「森岡貞香を語る会」のシンポジウム記録が出版されるなど、森岡貞香の短歌の評価と魅力をめぐる熱い動きがつづいている。むしろ生前よりいっそう関心が増したともいえそうである。

わたし自身もまた森岡の歌に永く心を惹かれてきた一人である。はじめて森岡貞香についての小論を書いたのは二十年も前になるだろうか。だが実のところ、森岡の歌は何年たってもわたしには難しい。解明不能といってもいいような歌に、なぜそんなに惹かれるのか。あるいはその謎のために、わたしは森岡の歌を忘れることができないのかもしれない。

森岡貞香論といえば、たとえば中野昭子の『森岡貞香　『白蛾』『未知』『甃』の世界』という精密な歌集分析の一巻があり、また藤井忠の周到な『森岡貞香作品研究』がある。とくに藤井の『森岡貞香作品研究』は広範な知識をもとにした作品分析の切り口が刺激的で、折々に開いては示唆をうける一冊だ。だが、それらを読んでもなお森岡の歌の謎めいた表情は、ほとんど変わらずにわたしの前にあるといってもいい。

ところが、東日本大震災の後、わたしは自分が陥った言葉への無力感の中で、森岡の歌をあらためて考えはじめたのである。震災後のあの瓦礫になってしまった街や村の映像は、多くの日本人に空襲後の風景を思い出させた。さらに連鎖して起こった福島の原発事故が記憶をいっそう強く想起させた。むろんわたし自身は大震災の被害も微細であったし、戦中・戦後の困難も直接には知らずに成長した世代なので、二つの時代をイメージのみで安易に重ねることに躊躇する思いはある。それでも、あの敗戦後の虚脱状態の中で、当時の歌人たちはどのように歌に向かっていたのか、そのようなことが自分の中ににわかに浮上してきたのである。

森岡貞香の第一歌集『白蛾』は昭和二十八（一九五三）年に刊行された。三十七歳の時である。森岡は十代の時に「心の花」及び「ポトナム」に入会し、戦後の「女人短歌」の創刊や「新歌人会」発足に加わっている。この間、十九歳で結婚、第一子をもうけるも、終戦の翌年の三十歳の時に夫が死去。生来病弱であることに重ねて、二度にわたる胸部の大手術を受けるなど、生きる上での凄まじいばかりの困難が年譜には記されている。そのような戦後の数年間を背景として、『白蛾』の歌は詠まれたのであった。

花瓶の腐れ水棄てしこのゆふべ蛾のごとをりぬ腹張りてわれは
飛ばぬ重き蛾はふるひつつ女身われとあはさりてしまふ薄暮のうつつに

生ける蛾をこめて捨てたる紙つぶて花の形に朝ひらきをり
くるしむ白蛾ひんぱんにそりかへり貝殻投げしごとし畳に
灯《ひ》あかるくくるしむ白蛾をみつつ思へば蕁麻疹のわれ面むき出しなり
われのもつ仮面のひとつあばき出し白蛾くるしみにそりかへりつつ
ねぐるしきひと夜の明けに愕然とかへる記憶あり蛾の伏すあたり

『白蛾』の冒頭近くに「女身」という大作がある。その中から数首を引いた。「女身」は森岡貞香の歌人としての顔の一つを決定した作品といってもいい。『白蛾』は四章から成るが、「あとがき」によると作品の制作順は第二章が最初で、第一章と第三章がともにそれにつづき、最終の第四章に至るという。いちばん初期の第二章に夫の死を中心にした歌がつづられているので、「女身」の制作はそれ以後、略年譜には昭和二十二年に「『新日光』二号に蛾の歌を発表」という記載があるので、そのあたりの作品が基になっていると思われる。

「女身」の歌を読んでまず思うのは、言葉の執拗さということである。言葉の執拗さは凝視する眼の強さでもあろう。作者は身を震い、苦しみ、ひんぱんにそりかえりというような、「蛾」の生きてもがく動きからじっと眼を放さない。といってもそれはリアルな描写などという客観性をはるかに超えてもいる。「蛾」は、いわば生きものの生命の執拗さ、不気味さ、妖しさの象徴となりきっており、作者の眼はそれを嫌悪しながら同時に強く惹かれている。むしろ自分からすすんで「蛾」の生態にとりついていくような気配さえ感じられる。

「蛾」と「われ」とは、たとえば「蛾のごとをりぬ腹張りてわれは」「女身われとあはさりてしまふ薄暮のうつつに」というように、腹や身を通して端的に重なり、あるいは「われのもつ仮面のひとつあばき出し」「蕁麻疹のわれ」などのように、顔面や皮膚を通してもつながる。顔や皮膚はいちばん初めに外部と接触する部分である。くりかえせば、「われ」は腹、身、面、蕁麻疹などという身体性を媒介として生きている「蛾」と重なる。それゆえ歌の中の「蛾」の動きはそのまま「われ」の動きとなり、震い、苦しみ、そりかえる「女身」の肢体をまざまざとわたしに想像させるのである。

その感触はけっして気持ちのいい身体感ではない。だが、おそらくそこには、「われ」の身体を原点として生きるという姿勢がこめられていたのだろう。さらに、戦後の日々の不安と希求の激しさが、「われ」の神経を過剰に駆りたててもいただろう。「女身」の後には次のような異様な景もある。

一本の黒き傘となり夢の中にたれか立ちゐきたれをおびゆる

歓喜のつきあげて来てそうけだつかくなりしこころわれとおそろし

月させば梅樹は黒きひびわれとなりてくひこむものか空間に
月のひかりの無臭なるにぞわがこころ牙のかちあふごとくさみしき

「おびゆる」「そうけだつ」「つきあげる」「くひこむ」「かちあふ」、このような過激な動詞が歌の表情を極度に緊張させている。傘の内に立つ不明の者の気配への怯えや、梅樹がくいこむ空間の異常な物質感、あるいは自身の内部に隆起する感情への異物感など、その感受の過剰さと執拗さは「白蛾」の歌と共通している。言葉が場面の表層的なイメージを超えて、無意識の深みからメタファを呼びよせるといってもいいだろうか。森岡の歌が戦後を生きる日々の困難をいかに重く背負っていようとも、境涯詠にはとどまらなかったことは記憶しておくべきだろう。

むろん歌集には、夫の死の悲しみや息子の成長の歓びなど、戦後の暮しの哀歓が、ときに金銭をからめてリアルに表出されているものも多く、またそのような歌の魅力も大きい。

死顔に触るるばかりに頬よすればさはつては駄目といひて子は泣く
未亡人といへば妻子のある男がにごりしまなこひらきたらずや
夫の背広の終の一着を吊しつつ金欲るこころよろめかむとす

だが森岡の歌は、こういう率直な生活の顔をしだいに消していく。歌は、日々移り変わっていく意識や感情の流れをとらえ、抽象化していく器となっていくのである。それはまた、「をんならの力づくで汚さるる歴史かなしたたかひに死するくるしみといづれ」と詠むように、社会や歴史に一身の生の具体をもって対抗する表現行為とともにあるといってもいいだろうか。そうした中で、歌には記憶という内的時間がしだいにきわだってくる。先に引いた「女身」の歌にもどれば、「生ける蛾をこめて捨てたる紙つぶて花の形に朝ひらきをり」「ねぐるしきひと夜の明けに愕然とかへる記憶あり蛾の伏すあたり」という歌があらためて目に入ってくる。

二つの歌の中にはみつめられている時の流れがある。一首目では、時がものの形や質を変えるということを鮮明に伝えながら、「花の形」として「蛾」の痕跡を読者の目に映し直す。一連の中ではもっとも美しい歌でもあるだろう。また次では、「愕然とかへる記憶」の中身は伝えられないにもかかわらず、過去が「蛾」とともにめくれあがってくるような不気味さを暗示する。どちらの歌の景にも、目の前の時間と過ぎ去った時間が、つまり現実と記憶との二重の時間が混じりあっているといってもいい。

さて、歌集『白蛾』の掉尾に「白蛾」という一連がある。歌数は多くはないが、第一章の「女身」に対応するべく置かれていることは明らかだ。大手術後の歌である。

透けてゐし水壜《みづさし》のゆふべ翳と立ちくびながほそし臥せるかたはら
胸のひづみたくみにおほへど息荒きわれの異状を人等は知るべし
雨なかの蕗の葉のこはきむらがりは荒く息づき蝦蟇《がま》もひそまむ
追ひ出しし蛾は硝子戸の外にゐて哀願してをるはもはやわれなり
水たまりにけばだちて白き蛾の浮けりさからひがたく貌浸けしそのまま

一読して暗鬱な生の気配にわたしは打たれる。と同時に、森岡の歌の難解さを端的に感じさせる歌とも思う。たとえば、水壜の歌にある「翳」とは何の気配だろう。あるいは「蛾」の存在が「哀願してをる」「われ」とどのようにつながるというのか、またそれがどうして「さからひがたく」なのか、確かなことは言葉の上面の意味を通り過ぎるのみではすまないということだろう。「胸のひづみ」の歌に、「われの異状」という言葉があることも含めて、これらの歌の根源には、特別な〈経験の核〉があることを強く感じさせているのである。

〈経験の核〉とは、敗戦、夫の死、大手術を経験した人間に訪れた何かである。いわば欠損と喪失の体験がもたらした認識の核である。そういう深刻な経験を経た者にとって、世界はもはや体験のこちら側とむこう側という隔てを置く以外ない、という認識ともいえるだろうか。そこに森岡独特の視力がもたらされる。日常の中に見えないものをやすやすと見出す強い視線である。すなわち、夕べの水壜を透かして見える生存の「翳」であり、蕗の葉のむらがりに潜む生き物の息づかいである。すでに硝子戸の外の「蛾」と内の「われ」との距離はつぶれて二つの境界は定かではなく、「白蛾」の死はそのままで「さからひがたく」自身の死を幻視させる。戦後的な語彙としては、生の喪失がもたらす不条理や実存というべきかもしれないが、それを「蛾」という形象に集中化、抽象化したところに、歌という詩型の力があるだろう。震災後のいま、わたしはそうした森岡の強い視力にあらためてたじろぐ自分を発見する。その視力が瓦礫をみつめる人々の視線に重なっているからである。

岩田正――おかしさは何処からくるのか

岩田正が第二歌集『郷心譜』を出版したのは平成四（一九九二）年九月、六十八歳の時であった。第一歌集『靴音』から、じつに三十六年後のことである。

『岩田正全歌集』（二〇一一年　砂子屋書房刊）巻末の年譜（藤室苑子編）によると、岩田はその五年前の六十三歳の秋には歌を作りはじめていたようである。「秋、突如二十年ぶりに作歌開始。『かりん』十二月号に『夜』七首を発表」というような記述もみえる。作歌を中断してから二十年後の、再びの歌人宣言であった。

岩田は作歌を再開した心境を、『郷心譜』の巻末の「作歌再開　あとがきにかえて」の中で詳細に述べている。そこには、評論のみを書いてきた年月のなかで、歌に対する思いがしだいに変化し、自身の関心や思考が、いわば状況論から本質論へと転回してきて、それらのことがもう一度自分の歌を作ろうという熱い思いにつながっていったと語っている。つまり、作歌再開はけっしてある日「突如」の出来事なのではなく、永い年月のあいだに近・現代の歌を多く読みこんだ結果でもあったことが知られるのである。

1. 定点観測の眼

さて、わたしはいまその『郷心譜』を読み返している。そこであらためて目を開かれたことは、こんなに面白い歌集であったかという思いなのである。二十数年前に読んだ時より数倍深く胸に落ちたといってもいい。それは何故なのだろう。理由のひとつには年齢のことがあるだろう。わたし自身がこの歌集の作者とほぼ同じ年齢になっている。生きることに対する思考や感情がしだいに変化しているためとはいえるだろう。もちろん歌の読み方も大きく異なっているだろう。しかしそれにもまして、『郷心譜』四〇〇首あまり、作歌再開以後の岩田正のほぼ全容を、ここに新たに見出したという思いがするのである。

イヴ・モンタンの枯葉愛して三十年妻を愛して三十五年
千六本うまくきざみぬトントンとこんなよき朝われにあつたか
トンカツを揚ぐるはヘットにしくはなしヘット売る店弾みてさがす
マコロンは味よしさあれマコロンとふ語韻はやさし幼時思へば
けなげなるイメージはみなをみななり土井さん寂聴そしてわが妻
厨より呼ばへば妻は書きてをり男はたらき女考ふ

あき子には名歌われには××歌さあれ木菟なく夜はやさしき

『郷心譜』が出版された当時、その痛快な面白さで読者をあっと驚かせたのは、たとえばこんな歌であった。すべてごく卑近な日常場面の私的な感慨や感傷ともみえる。その中でぬけぬけと歌われる妻賛歌、食べ物賛歌。いささか楽天過ぎるのではと思いつつ、読者はその明朗な生の気分と、軽快なリズムの気迫に巻き込まれ、思わず人生を抱きしめ笑ってしまう。いわば幸福物質ともいうべきものが、日常生活のあちらこちらにころがっている、というように。

ここに挙げた歌は、それぞれ連作の中から一首を取り出したもの。だがそのような取り出し方は、岩田の歌の世界を見る上で、あまりふさわしくないかもしれない。なぜなら『郷心譜』の歌はすべて連作として作られているといってもよく、一つの連作がそれぞれ一篇のエッセイのような流れと空気をもっている。そして岩田の歌の独特な面白さの秘密には、この連作という形が大きくかかわっているように思うからだ。

たとえば『郷心譜』のはじめの部分に「麻生川」という連作がある。「麻生川　ななたび」まで一気に続く大きな連作で、自分の生のテリトリーともいうべき麻生川を執拗に詠んでいるものだ。

麻生川濁りに漁《あさ》る鴨の二羽泥《ひぢ》たるる嘴《はし》交互にあぐる
（麻生川）

鴨どこに行きしやあした川上をさぐり夕べは川下を見る
「麻生川ふたたび」

川すべて埋めてながるるさくら花ひとときさくらは川をも統《す》ぶる
「麻生川みたび」

つがひの一羽今朝ゐず死にしかひとつ浮く鴨雌なりときめて安堵す
「麻生川よたび」

麻生川暗渠となりて川ひとつ歴史を閉づるとき到るべし
「麻生川いつたび」

川の鴨夕べ翔つらし翔つといふことばはかなしゐなくなるゆゑ
「麻生川むたび」

翔ちゆきて流れさびしき日を重ね鴨のなき川埋めて雪降る
「麻生川ななたび」

歌われているのは、麻生川とそこを棲み家とする鴨の情景である。繰返し通い、執拗にみつめている水辺には、春に桜が咲き、秋には芒が穂を出し、冬が来れば雪が降る。巡る季節の風景の中で鴨が飛来し、また去っていくといった時空が見つめられている。そして「われ」は桜の川とともに「をみなご」を思い、消え去った鴨に「老い」や「死」を思うというように、自身の人生の流れをそこに重ねていくのである。

いや、それだけではない。現実の川は時代とともに汚れ、護岸工事をされてその姿を変え、さらに未来には暗渠となる危惧さえも担っているというように、川そのものの命運も映し出されている。いわば川を中心にした壮大な生々流転の風景絵巻といった構成になっているのである。だが、連作としての印象は重くなく、飄々としたまなざしの一つ一つに読者は魅せられるといった具合である。

こうした「麻生川」の風景絵巻を読みながら、わたしは、そこに働いているまなざしの性質に思いを馳せていた。それは、天体や自然を観察する時にカメラを一つの場所に長い時間固定して映し撮る、あの定点観測という装置のことである。

そのことは「麻生川」の連作全体を通して読むとき、より鮮明に納得することができるだろう。麻生川に据えられたカメラは、視野に入って来たものを自動的に繰返し映し撮っていく。ある日はその中に鴨の番が泳ぎ入り、ある日は一羽になり、またある日はすべて消え去る。春には桜の花びらでいっぱいの川面が、秋には薄の川辺が映り込む。ときにカメラは喜び、憂い、思索し、抒情する。だがカメラは情景に取り込まれることなく、つまり近すぎず遠すぎず、対象との距離をつねに一定に保ってシャッターを切りつづける。

たとえば、わたしたちはこれまでにも川辺へ出かけて行き、そこの情景を自身の心象として、また自身を超える自然の相として繰返し歌ってきた。その多くは、いわゆる作者主体の情動や観念に重心をかけた歌の詠み方である。だが、岩田の「麻生川」一連の印象は、それと明確に異なっている。そしてそれは、「麻生川」の連作にとどまるものではなくて、次のような生活の匂いの濃い場面が歌われるとき、その装置性はいっそう明確に見えてくる。

昼ゆきて福龍軒のやきそばを食べむと朝より心はさやぐ
交叉路より見る評判の福龍軒ひとり出できぬわが席はある
カウンターに掌を置き待てば賄ひ場瞬時にあぐる赤き炎が見ゆ
ここの焼きそば絶品と胸に呟けど入りきしをみな餃子誂ふ
ここは絵の世界とろみをかけられし焼きそばにのる青菜にんじん
味すこし落ちしと賄ひうかがへばさいづち頭の親父はをらず

「麻生川」の連作のすぐ後にある「庖丁のうた」の章、「福龍軒の焼きそば」の一連から引いた。人は誰でもそれぞれの福龍軒をもっているだろう。だが、そこがあまりに見なれた日常的な場ゆえに、かえってわれわれの目に映らなくなっているものだ。しかし、歌の中の「われ」は「朝より心はさやぎ」、交叉路から眺めて「ひとり出て」来た客のあとに、「わが席」があるのを確かめる。まるで店の外に定点観測のカメラを据えたかのように、焼きそば店に行く一人の男（＝われ）の観測を始める。つまり、カウンターで待てば、賄い場の赤い炎が見える。「絶品」だという「焼きそば」の評判に、はや胃の腑が動きはじめ「胸に呟き」もしているが、なんと入ってきた「をみな」は「餃子」を注文するというおかしさ。「われ」はそれでも焼きそばにのる「青菜にんじん」が「絵」のように美しく見えているというのである。そうした一齣一齣を、店に据えられたカメラが写し撮っていくという仕掛けがここにはあるだろう。日常の場面でも全くありえないことではないが、それをカメラの目にすることで、「われ」と「をみな」のじつにささいなすれ違いも余さず残さず見てやろうとする中に、意外なほど新鮮な日常の細部が浮かび上がるのだ。

次いで、「福龍軒の焼きそば」につづく「蜘蛛と厨房」から数首を引いてみる。

除《と》るべきか除らざるべきか網《い》をかけし蜘蛛にハムレットの懐疑兆せり

いいか蜘蛛網《い》を出でて見よ炸《ちゃ》・焼《しゃお》・爆《ばお》中華鍋操るわれの手並みを

蜘蛛の網が厨にあるはたのしかりひとは知るなし人は知らじな

天井に蜘蛛ゐて厨のわが行為朝夕目守る神秘といはむ

舞台は馴染みの中華そば屋から家の台所へと移っている。どちらも食にかかわる日常的な、いわば〈褻〉要素の芬々たる場であるが、読者の心をうきうきと躍動させる面白さがある。福龍軒がどこにあるのか、蜘蛛がほんとうに巣を架けているのか、そんな事実調べはどうでもよく、ここでは「ハムレット」が登場しているように、多分に日常が芝居がかっている。

岩田の歌はそうした劇的空間に読者を巻き込もうとする。そこに〈われ〉というより、〈われわれ〉の耳目を、軽やかに引き込み、共有しようともくろんでいるといってもいいだろうか。すなわち、「厨房」にいる「われ」をカメラで捉えるという方法をもって、カメラの目に読者を重ねさせるのである。折から時代は文字の時代からカメラの時代に取って代られている。世の中の至る所に映像が力をもって飛び交うようになり、都市と地方も、晴れと褻も、男と女も、その境目が曖昧に緩みはじめていた。そうした中で、岩田は定点観測という動かぬ視点をつくり出し、世の中を、そして日常を、じっくりと見直しはじめたといってもいいのだろう。

2. 現代の妖怪

「蜘蛛と厨房」では、観測という行為そのものがすでにフィクショナルである。一つの場や物をじっと見つめていると、それらが何かを演じているように見えてくるのだが、日常の細部に目一杯こだわると、日常の側からその生の芯をみるみる太くするようである。すなわち「福龍軒」が日常の生の鼓動を打ちはじめ、「蜘蛛」が現代の「神秘」を帯びはじめる。これらの歌を読みながら、わたしはふと現代の都市に潜む民俗探訪の気配さえ感じとるのだが。民俗とはなにも忘れられた僻村にのみあるわけではない。たとえば次のような歌。

笹舟をながし鮒釣りしたる川いま暗渠なりふるさとは嘘　『郷心譜』

幼な日の人も景色も黄昏れてたそかれどきはいまに続けり
死して掲げられたる写真生きてかく掲げられたる一度とてなし
風吹けばガタピシと鳴る戸や障子樹の音なりとあき子のたまふ
一千万の少女が朝あさ髪洗ふ泡立つ水の行方をおもふ
殺めたる血がとび極彩色になる画面夜毎見てゐて視覚衰ふ

ここに歌われている川の「暗渠」や、「戸や障子」の風に鳴る音には、人間の生きてきた分厚い時間の記憶がにじんでいる。時代の中で、消えゆくもの、失われゆくものへの懐旧としてである。それと同時に、朝シャン少女が流す「水の行方」にも、淡いエロスと哀愁がにじんでいる。さらに最後の歌には、この当時テレビの「サスペンス劇場」を毎週必ず観ていたという歌人の姿も髣髴と蘇るが、そのテレビ画面の中の断崖や絶叫や殺人や血潮にも、人間の生の根拠探しの気配が潜んでいるともいえるだろう。とすれば、「極彩色」の人間の生のドラマを凝視して、逆に「視覚衰ふ」という歌人の姿も限りなくおかしい。飽きることなくつづけられるテレビの中の「殺人」と、それを繰り返し見つづける現代人が織り成す因縁のドラマ。

民俗とは忘れられた僻村にのみあるわけではない。都会のど真ん中にもあるのである。そうしたまなざしは、どうやら、歌集『鴨鳴けり』まで続いているようである。

『鴨鳴けり』

眠る顔なべてほとけか真夜覚めてほとけの妻の顔に出合へり
犬避けて車道に出たり首にひもありてその先人ありしはず
いまの現代《よ》は山のあなたの空遠く幸ひ住まぬと知らぬ人なし
前登志夫はた山の精まむかへばわれの土俗の顔は薄るる
明日の米のための空巣ならいいと座敷わらしに言ひ含め出る
一陣の風きて音きて光きて深夜の妖怪地下鉄とまる
足音の高きはナース　クランケ低く怪《け》しきは音なし夜の病廊

どの歌も、どこか少しずつおかしい。しかしそれは、説明しづらいおかしさでもある。「ほとけ」や「山のあなた」や「山の精」や「座敷わらし」や「妖怪」たちが、地下鉄や夜の病院の廊下にあらわれて、しかもそれらはすでに十分にアニメ的であり、またそれゆえに生き延びているのかもしれない。

3. おかしさの淵源

ところで、平成十（一九九八）年五月号の「かりん　二十周年記念特集号」に、岩田正は「おもしろい歌の流れ」という評論を載せている。近代短歌から現代短歌の「おもしろい歌」

の系譜をとらえつつ、それを継ぐものとして自身の歌の形を提示した歌論だが、その中で自身の歌の淵源に据えていたのは窪田空穂であった。

「本当に歌をたのしいもの、人生からこぼれてくる真実のかけらのようなものを、少々はた目というか、サイドから眺めて歌うような、歌風を作ったのは窪田空穂である」。「真の意味で、歌をそういう気品・格調との代替えとして、あるいはそういう文学的気韻とひきかえに、庶民の生活・人生の中にひそむ皮肉・諧謔・滑稽といった、おもしろさを短歌の上にはっきりと明るく表明したのは空穂である」——これらの言葉は、まさしく岩田自身の歌の脚注としても読めるだろう。そのうえで岩田は、空穂の次のような歌を引用している。

クロールをまねべる臼井つと立ちて慌てたる顔に眼鏡のあらぬ
国技館ひかへ力士ら感冒《かぜ》ひきて大きどてらを著て居並ぶと　　窪田空穂

これを見ると、岩田の歌のおかしさはたしかに空穂の歌を引き継いでいるようだ。むろん岩田はその論の中で、空穂の「おもしろい歌」は彼の歌業の一分野と見定めてもいる。つまり空穂の「おもしろい歌」は、空穂のいわば〈裏歌〉だと見ており、対して岩田自身は、同じく「おもしろい歌」を自分の〈表歌〉に据えているといえるのかもしれない。もちろんおかしさもやや異なっている。たとえば空穂の歌の臼井や力士の姿はたしかにおかしいが、しかし空穂は心情的に彼らの中に入り込んでいるわけではないようだ。それに対して岩田の歌には、彼自身が「おもしろい」「おかしい」と思う場所に、読者の目を引き込もうとするゲーム感があり、それへの親愛とペーソスが明確にある。現代の面白さやおかしさは、メディアによってつくられ、増殖された妖怪なのだという認識なのである。岩田正の歌の「おかしさ」の向こうに、個人の生をなしくずしにする現代の妖怪への抵抗を、わたしはたしかに見るのである。

原像と模像のドラマ――小池光『思川の岸辺』と伊藤一彦『土と人と星』

小池光の『思川の岸辺』（平成二十七・二〇一五年刊）は、亡き妻への思いにあふれる歌集である。男の思いは妻亡きあとの日常の一つ一つの断片にまで注がれ、それゆえに親しき者の痛切な不在を告げて哀切さが極まる。

亡くなりてきみ五月《いつつき》となれる間にありとあらゆることが起きたり
何ごともなかりしごとく山の端に一日の太陽は沈みてゆけり
隠元の筋むくときもありありときみなきことは思はれて来ぬ
きみがつかひし小さき茶碗に飯くへば梅干しなども恋しかりけり
年明けて三日のゆふべ一合の米を研《と》ぎをりみづからのため

歌という形式ゆえの悲しみの凝縮というべきか。それはおもむろに物語することとは違って、短く切り取られるがゆえに、その一瞬、一瞬に、原像（＝亡妻）の影が、「不在」の思いが、生成されてやまない。妻を失うという一つの出来事は、「ありとあらゆることが起きたり」というように、まさしく一対多という形をとって、喪失感と現在の不当なばかりの変貌が広がっていく。

　歌われていることは、妻を失った男の悲しみ、妻を失ったことで一人この世に生きていることの哀しみ、その痛切の思いであることはいうまでもない。だがそれは同時に、不在がもたらす影や、不在がもたらす異物とともに自分が日々生きていることの確認でもある。

　たとえば沈む太陽を眺め、隠元の筋をむき、梅干しでご飯を食べ、一合の米を研ぐ。日常が日常としては変わらないものでありながら、もはや単なる日常ではない。そのことを妻の死は知らせていく。つまり、ここで日常はすでに日常の「模像」であるともいえるだろう。日常の「模像」が無限に生成されていく。歌という形式に言葉を紡ぐということは、一面からいえば生活の「退行」といってもよく、言葉に絡めとられることにも等しい。しかしまた、言葉は通常の意味から歌の形式としての響きへ「退行」することによって、詩語となるともいえる。異なる世界が動きはじめ、妻が「亡き妻」というイコンとなっていく。いや、むしろ逆だろうか。亡き妻のイコン化は、妻の死後も生きて新しい世界に参入するための条件であり、詩的言語の創造性を開いていくともいえるだろうか。

　そこからあらゆるものへのまなざしが変貌を告げずにはおかない。風景の見方にも、一つの物の見方にも。

本州のかたちをしたる雲うかぶ　四国の雲はそのそばに添ふ
かなしみの原型としてゆたんぽはゆたんぽ自身を暖めてをり
日光のやまなみ遠く見えながら麦畑の道にゆまりを放つ
足元に咲いてゐる花シャガの花くらきほとりをふたりは行くも
妻の墓よりかへり来たりてひといきに冷えたる桃を啜《すす》り食ふなり

一首目では、雲の形を目に入れると同時に、それが互いに「添ふ」形になっていることが意識化されている。しかし二つの雲が「添ふ」ていることが何を指示しているのかは明かされていない。そうして「添ふ」ようにある二つの雲が、いずれはその形を失うだろうことも男は透視しているだろう。いわば模像としての雲が存在しているわずかな時間のゆくたてが、いいかえれば、模像である雲と、雲自身のもつ変形への時間が、読者には残るだけなのである。そこに何が隠されているのか、次の歌が知らせている。

ゆたんぽの「暖」は、むろんそれを使う者にとっての身体の感覚である。だが「暖」の中には、ある種のエロス的な身体の経験が潜んでいて、男は、かつてそれを用いて身体を暖めていた妻を思い浮かべたのかもしれない。その妻の身体が欠けている現在、ゆたんぽはぽつねんと「ゆたんぽ自身」を暖めるしかない。ゆたんぽに男自身の姿が投影されているかどうかはともかくとして、しかしここには「かなしみ」の「原型」にまで遡及するまなざしの深さがある。
つづく三首には、「かなしみの原型」を見取った先の日常があらわれている。たとえば日光のやまなみとゆまりする自身との遠近感や、足もとに咲くシャガの花のほとりを行く道の暗い感覚、あるいは妻の墓から帰って啜る桃の冷たい感触など、これらの現実と記憶とがその境目もおぼろに触れ合っているような時空感。しかもなまなましい現実感がある。それは模像と原像を同時に一瞬のうちに読者の中に焼きつける光景でもある。

思川《おもひがは》の岸辺を歩く夕べあり幸《さち》うすかりしきみをおもひて

思川は実際に栃木県を流れている川で、作者は散策の途中で偶然に出会ったと「あとがき」に書いている。偶然の出会いではあったが、実在と記憶の間を行き来する作者には、それは偶然以上の何かであったと思われたのではないだろうか。「思川の岸辺」とは、実像と模像との一瞬のドラマを認識する場所となり、時間となった。そして生きるということは、そういう日常の一瞬を生きることだという声を、わたしはたしかに聞くのである。

＊

伊藤一彦の歌集『土と人と星』（平成二十七・二〇一五年刊）を開いてまず気づくことは、

いわゆる重層叙法が頻出していることである。

彼岸の木ふさふさと若葉揺らしつつ呼びよせてゐる彼岸の子見ゆ
波返し男ごころに立つ岬ひかりに仕へひかりに染まず
夢の中に見知らぬ人に誘はれて行けばわれ知らぬわれの家ありき
帰りきて二重の虹を見てゐたり吉兆なるかもしや凶兆
春に咲くむらさきの花を親としてこの円き実はむらさきを継ぐ
黄落の木木の都に入りゆけば水の都の音きこえくる

いうまでもないが、重層叙法とは一つの形式の中に違った語調が、前後したり、また交互して用いられていることをいう。雅な語に俗語が入っていたり、緩やかな語調に突然変わった調子が入り込んでいたりするもの。言葉を重ねたり、ズラしたり、反転させたり、その相互の関係によってアイロニーや不安や、共感やユーモアが醸しだされる。
この歌集に頻出するのは、ここに引いた歌でもわかるように、同じ語句の繰返しである。語句の反復によって何をもたらそうとしているのか。たとえば「彼岸の木」は「彼岸の子」として反復されているが、「木」を「子」に言い替えることで何が変わるのか。言葉は直感的に跳躍しているのみだが、だがそうすることで、あたかも一つの生命を「ふさふさと」呼び寄せているような「彼岸の木」の空気が、いっそう柔らかに、鮮やかに見えてくる。さらに次の歌の「ひかり」の反復では、「仕へ」ながら「染まず」という日との関係を明らかにすることで、波を返して立ちつくす「岬」をくっきりと切り立たせる。むろん「岬」は「男ごころ」の喩でもあるだろう。

反復はまた不安な気分をつのらせてもいる。「見知らぬ人」の誘いと「われ知らぬわれの家」との関係は何なのか。不明のままに夢の中の不安はいっそう膨れ上がって、これまで疑いもしなかった「われの家」の在り処を見つめ直しているのである。次の「二重の虹」も「吉兆」か「凶兆」か、そこに確かな何かはない。だが「むらさきの花」は「むらさきの実」を確実に継ぎ、「木木の都」の奥には「水の都」があることを暗示する。

というように、言葉を反復させながらその間の世界の質的な変形を果していくのである。つまり、自然の相の調和と不調和、継承の確実さと不確実さなどが、言葉の反復によって鮮明になると同時に揺すぶられ、無化される。そして、そこに生み出される境界領域への強いまなざしは、自然の現象の奥にいのちの「本然」ともいうべき何かを見出し、それを享受したいという深い欲望にほかならないだろう。

月光は兄の手なりや花の香の弱くなりたる金木犀に
神よりも仏よりも先に世にあるか老いたる月のしろがねの寂《じやく》
死と生に断絶おかぬ芒らが水のごとくに月光を享く
空つぽの一升瓶を庭に出し一晩ぢゆうを月光呑ます
あらたまの光山河はぬばたまの闇山河なり初日浴び立つ
冬銀河古く新しき光なりいのち以前のいのちかがやかす

これまでも月を分身のようにして数多く詠んできた伊藤だが、歌集にはさらに原初に遡るごとく光と闇が多く歌われている。伊藤にとって、自然は人間の文化を超えた渾沌とした「本然」の力をもつものであり、深く親和してゆくべきものなのだろう。ここに引いた歌は、そういう自然観が歌の形式にはまって美しい。だがその「本然」への志向は、必ずしも確かな原像に行きつくわけではなく、いわば言葉がつくりだす模像であるということも、意識の内にはあるのだろう。ときにこんな歌は、言葉不要の世界を露わにする。伊藤の人間性の深さと優しさが、逆に強くあらわれる歌である。

大淀川見下ろしながら言《こと》要らず白寿の母と古稀の息子と

日を浴びて咲き残りゐる黄の野菊言はぬ語らぬ金言金句
汚染され除染されそして放棄されなほ生きをらむ咎なき土は

言葉の反復は言霊のような作用をもたらす。『土と人と星』の世界は、われわれの生きる現代において原像と模像が一致することの困難を知るゆえに、この世のいのちの行方をせめて身ひとつに享受する祈りのように、初々しい言霊を響かせるのである。

朝の月が日と向かひあふ日向《ひむか》なり朝のひかりは産着のひかり
偉《おほ》いなるむかしむかしの空の青知らねどけふの青すきとほる
言霊のことに力もつ元日は酒を酌みつつ口をつつしむ

河野裕子の藪の歌

ここ何年かの間、河野裕子の歌集を読むたびに気にかかっていたことがわたしにはある。歌にあらわれている風景についてである。

わたしは河野とは年齢がほとんど同じということもあり、また何よりその歌の才と魅力を人一倍感じていたので、彼女の歌集は出版されるたびにじっくり読んでいた。エッセイも何本か書いた覚えがある。河野が身体に病を発見する前の、歌集でいえば第七歌集『体力』(平成九・一九九七年刊)あたりまでを視野に入れたエッセイであった。

それ以後『家』『歩く』『季の栞』『庭』というように、矢継ぎばやに出版される歌集を読むたびに、歌の中の風景に何かの気配がしだいに凝縮されていくような感じに打たれていた。感覚によるものか、認識か、記憶なのか、正体の見極めがつかないままに、わたしの中に謎としてわだかまったのである。それは「家族」とか「病」という、彼女の歌にしばしば寄せられる論点では収まり切れない何かであった。

むろん、河野の最後の十年ほどの歌を彼女の病気を無視して読むことはできないだろう。だが、すべてを病気にアリバイづけて読めば理解できるということでもないのではないか。河野の遺していった歌の中の風景は、いったいわたしに何を語ろうとしているのだろうか。
まず、気になっているのは「藪」である。

裏口をあければまつ暗い竹の藪、藪が入りくる家の中まで　『季の栞』
まつ暗い藪の入口に立つうちに身体のまはりに竹藪が来る
何だらう気配とも闇とも違ふごつそりとそこに夜の竹藪
この広き竹山の竹散りつくす幅ある時間の中に寝起きす
昼ごはんひとりで食べるものなれば藪が昼よりごうごうと言ふ　『庭』
膝丈にやぶがらしたちが伸びてきてもやもやしながら藪が広がる
この藪のちからの中に生まれたる黒い揚羽が昼くらく飛ぶ

第十一歌集『季の栞』と次の第十二歌集『庭』は、ともに同じ平成十六（二〇〇四）年一一月に出版されている。歌の中の「藪」の表情は、このあたりから濃く、独特な表情を見せはじめる。
これに先立つ歌集『家』（平成十二・九刊）の「あとがき」に、「藪」にかかわるこのようなことが書かれている。

九七年（平成九年）十月の初めに、洛北岩倉の今住んでいる家に引越をした。（略）家の西側二百メートルほどの所に、長谷八幡神社の石の大鳥居がある。これより少し小さい鳥居が南と東に一つずつある。鳥居の内側に住んでいるという不思議な感覚は初めてのことである。こういう古い地に家を持ち、やっと定住の場を得た思いがする。藪を隔てた隣家の鶏たちの餌をつつく声が聞こえ、椋や椿の木に覆われた家。この家に住み始めて、暮らしということを、しみじみと思い、味わうようになった。

洛北岩倉あたりの土地勘がないわたしには、この地についての実感はほとんど持てない。だが、隣家の鶏の声が聞こえるという地は、隣が養鶏農家でもなければ、日本中どこであろうといまは珍しいだろう。岩倉というその古い地の大きな神社の傍に、藪や木々に囲まれて、五十代の河野は暮らしはじめ、定住の思いとともにその暮らしに愛着をもちはじめた、というのである。

先に引いた歌にもどれば、河野の歌う「藪」のもっとも見やすい特長は、「藪」が暮らしの背景に終わっていないということだろう。「藪」は生活空間ともっと直截に接しているのみか、ときには蔽いかぶさり、あるいは身体そのものを襲ってくる。たとえば、裏口から「まつ暗い竹の藪」が「家の中まで」入りこみ、「身体のまはりに」まといつくと歌われているように。

さらに「竹藪が来る」というとらえ方には、支配できないものの気配や暗い力への怖れも見てとれるだろう。「竹山」のもつ「時間の中に寝起きす」とあることからも、むしろ「竹」や「藪」の方が主体的に、こちら側の暮らしの時間、空間を支配している感じになっているといってもいい。

次の歌では「昼ごはんひとりで食べ」ていると「藪が昼よりごうごうと」鳴るという。無気味な「藪」の気配がさらに濃い。それはあたかも自然のただ中におかれた人間の原初的生存不安のようであり、その中で「食べる」という人間の行為の孤独さがいっそうきわだっている。「やぶがらし」や「藪」が「もやもや」しながら繁茂してくるという感覚も同質だろう。「やぶがらし」や「藪」の息づいている気配は、いつしか作者の息と重なりながらしだいに身体化されていくようだ。それが何を意味するのかわたしには明確にはつかめないのだが、草木の印象は強く残る。その「もやもや」と広がってくる気配を、死や病の影とかかわらせて読めば、解釈はむしろ簡単になるともいえよう。だが、ここには、おそらくもう少しわかりにくい、生死の絡みあった風景があるように思えるのだ。

河野の「藪」をみつめる眼には、自然や野生にたいする美化や神秘化といったものはほとんど感じられない。また生の不安や孤独といった自己投影ともぴったりとは重ならない。なにか既存の自然観に収まりきらない風景が、鋭敏な身体感覚を通してなまなましく存在しているようだ。「気配とも闇とも違ふ」というそれは、果たして生命なのか死なのか。実存なのか、幻想なのか。
わたしはここで、河野の歌と並べてある詩を思いうかべる。萩原朔太郎の詩集『月に吠える』の中の「竹とその哀傷」の数篇である。その冒頭の一篇、「地面の底の病気の顔」の後半の部分を引いてみる。

さびしい病気の地面から、
ほそい青竹の根が生えそめ、
生えそめ、
それがじつにあはれふかくみえ、
けぶれるごとくに視え、
じつに、じつに、あはれふかげに視え。
地面の底のくらやみに、
さみしい病人の顔があらはれ。

周知のように、朔太郎はこの詩をふくむ『月に吠える』において、「日本語ではじめて書かれた真の象徴詩」、「真の意味で近代的というに価する。実存の内奥を開示してみせた、おそらく最初の詩人」などという高い評価を、同時代の批評者たちから受けた。

ここに引いた詩の部分からも、動詞の連用形による中断のスタイルや、特異なリズム感がつくりだす緊張感や、ひりひりする神経症的なイメージの斬新さは見てとれるだろう。独特な自己表現を果たしているこの口語自由詩には、生理の病的な恐怖や、孤独の不安などが鋭い神経のようにはりめぐらされている。朔太郎自身の言葉を借りれば、「純粋にイマヂスチックのヴィジョンに詩境し、これに或る生理的の恐怖感を本質した」のである。「ほそい青竹の根」とともに「地面の底のくらやみ」からあらわれる「さみしい病人の顔」とは、外界と接触しようとする自己についての、暗鬱な、鮮烈なイメージといってもいいだろうか。

朔太郎の「竹」の詩については、

光る地面に竹が生え、
青竹が生え、
地下には竹の根が生え、
根がしだいにほそらみ、

根の先より繊毛が生え、
かすかにけぶる繊毛が生え、
かすかにふるえ。

（「竹」）萩原朔太郎

などを記憶する人も多いだろう。「藪」から「竹」への連想とは安易と見えるかもしれないが、朔太郎の「竹」を並べてみると、河野の「藪」のありようの一つが見えてくるようだ。

灯を消して湯舟にあればざざざざずずずと来る藪の地霊が
ひのくれの耳のさびしさああ竹が葉を散らしゐる竹の葉の上《へ》に
風の日に家を出づればやい、おまへと左右の藪がわれを挟めり
わんわんと青竹どもが伸びてゆく生気に囲まれ夜々眠る

『母系』

うつらうつらと千年ほどが過ぎたのよ風にそよぎて竹たちが言ふ
竹藪は眠ることなし戸を閉めて眠るわたしの枕もとに坐《ゐ》る

『葦舟』

河野の「藪」には、いわば投影すべき自己がない。ない、というと断定しすぎるならば、ずっと希薄であることはたしかだろう。代わりにそこにあふれているのはオノマトペによる神経

症的な、強迫以上に濃密な竹や藪の存在感である。そこでの「わたし」は、すでに人間の時空間や認識などをはるかに超えてしまった竹の時空に、境界なく入り混じっているようだ。それは湯舟の中に入り込み家の戸をやすやすと越えて、「わたし」の身体に迫る、いわば他者性を示す現象のようにわたしには感じられる。

「時間は生きられるものに　空間は死せるものに」と言ったのはベルグソンであったろうか。この洞察には動かしがたいものがあるが、だからこそ、限られた時間しか残されていない者にとって、空間は死以上のものになることを、河野の歌の「藪」＝空間は示しているのではないだろうか。

河野の歌は、生きるという一回性のオーラに充ちているがゆえに、風景＝空間に囲まれた身体性がきわだっている。オーラとはギリシャ語で呼吸を意味し、それは微風の象徴としての天女のことでもあったという。遠く距たった対象から吹いてくる微風と呼吸するように結びつくことによって、遠くの存在のみならず、それとの克服しえない距離自体をも知覚すること。おそらくそれが自然のオーラの体験であろう。

あをぞらがぞろぞろ身体に入り来てそら見ろ家中《いへぢゆう》あをぞらだらけ　『母系』
何でかう青空は青くさびしいのか山があるせゐだよと空が教へた　『葦舟』

「あをぞら」が「身体」を通して「家中」に入り込んでいる『母系』の歌を読んだ後で、次の『葦舟』の歌ではそれが「山」に転移していることをわたしは知る。「青空」の青さ、さびしさは「山があるせゐ」だと空が教えているという。「山」とはこのとき、河野にとっては大切な家＝家族のことではなかったか。

もう少し茗荷の花を――河野裕子『蟬声』をめぐって

遺歌集――とくに歌人の重篤の日々が背景となっている歌集を開くには時間が要る。気力も必要だ。一首一首ににじんでいる現実の重たさにわたしの感覚が被いつくされて、言葉を冷静に読むことなどできないと思えるからであり、いや、たんに死に立ち向かうことから逃れていたいためなのかもしれない。そういう歌集『蟬声』を、そっと覗きみるような気持ちでようやく開いた。

白髪なく艶ある髪が自慢なりしが脱けてしまふかわたしを残して
髪も眉もまつげも脱けますよ　それぢやあ私は何になるのか

冒頭の部分にこんな奇妙な「わたし」が歌われている。抗がん剤の副作用を告げられたときの歌と思われるが、「髪」や「眉」と「わたし」の関係が、主体をめぐって瀬戸際の交渉をしているようで、やはり切ない。その瀬戸際でいちばん戸惑っているのは、他ならぬ「わたし」自身にちがいない。悲痛を越えた虚脱感が韻律を覆っている。

一日ひとひ死を受けいれてゆく身の芯にしづかに醒めて誰かゐるなり

「身の芯にしづかに醒めて」いる「誰か」とは誰なのか。「死を受けいれてゆく」ことを半ば了解した「身の芯」が、その奥深いところに見出した他者の感覚でもあろうか。冒頭の一、二章を読んで、少し辛くなったわたしは、中間をとばして巻末近くの歌に目を放つ。そこには次のような歌がならんでいる。

縁先《えんさき》にきーんと光れるメヒシバがそれでいいんだよよくやつたと言ふ
籠抜けのできうるものか魂はほほづきのみどりの花かご
どのやうな崖《きりぎし》ならむそれが今なのかもしれぬふりむきて問ふ
やはり蟬声《せんせい》よとわれはおもふ湿りて咲きゐるひるがほの花
死がそこに待つてゐるならもう少し茗荷の花も食べてよかつた

河野の歌に親しんできた者の直感をまずいえば、これらの歌には「肉体」が感じられない。それは軽いとも、透明とも、淡いとも違い、また魂などというほど強い意力にも遠い。もっと浄化された、さらさらと空気中を流れる光の粒子のような声であり、いとしむような、かなしむような心の反響である。それがもたらすひそかな応答がわたしの中に深く沁み透る。こんな歌の響きに出会うとは、という驚きとともにである。

一首目の「メヒシバ」は、河野の歌になじみ深い草の一つ。このときの河野にはほとんどメヒシバほどの存在感しかなかったのだろう。だが、かぼそい草のメヒシバは「きーんと光」り、「よくやつた」とささやいてくる。おそらく「わたし」という感覚が薄くなればなるほど、向こう側の光や声がよく見え、聞こえるのだ。

「ほほづき」に歌人にとっては不可能な「籠抜け」の比喩が重ねられ、あるいは、「どのやうな」とも知れぬ「崖」(それは死の崖でもあろう)を思いつつ、その空間＝「崖」をふりむく時が、まさに「今なのかもしれぬ」と指定される。「蟬」と「ひるがほ」をつなぐのが短い命の暗喩であるなら、次の歌ではその短い命の先端で「もう少し茗荷の花も食べてよかつた」と歌われる。そうして草も、花も、虫も、いとしい「わたし」とともに、いや「あなた」とともに、いつもあるのだということを、ひそかに語りかけているのである。

歌の韻律とは、いわば地上の「私」と天空とをつなぐ稲妻のようなものだろう。そう思うわたしにとって、これらの歌は、地上につなぎ止める枷の韻律から解き放たれて、空中に響きを広げている虹のようにも感じられる。

そこで、歌集の中ほどの歌にもどってみる。

川上の水は小さく光りをりそこまで歩かう日の暮れぬうち
日なたには日陰の匂ひも残りゐて黄色い菜の花が今年も此処に
水たまりをかがみてのぞく　この世には静かな雨が降つてゐたのか
こゑそろへわれをいづへにつれゆくか蟬しんしんと夕くらみゆく

人のいない、しんとした風景がそこここに広がっている。歌人はひとりその風景の中を行く。川上の小さな水の光るところまで歩こうと思い、黄色い菜の花に触れ、日なたに日陰の匂いを嗅ぎとり、静かな雨の降る水たまりを覗いたりしながら。けれどもそこには、限られた命の時間の「日の暮れ」が厳然と控えている。

これらは昏睡の中にあらわれる幻影の景であろうか、それとも「この世」の名残りの景なのか。いずれにしても、何か夢の界のように揺らぎ、生活の時空を超えた薄明の世界のようにははかなく美しい。もちろん、歌＝言葉によってしかあらわれることのない景色であろう。その景色にわたしは静かに引きつけられているのである。

巻末につけられた夫君・永田和宏の「あとがき」によると、この歌集の二〇〇首余りの歌は、重篤の河野裕子がどうにか手帳に書き残したものを、家族三人で解読したものだという。家族が歌人であったから可能になったことではあるが、このことはまた、家族とは何かという問いをわたしに投げかけてくる。河野の歌に顕著な、わが夫、わが子、孫たち、猫への深い思い、その中心に母でいることへの強いこだわりなどなど――だが、それゆえにこそこの歌集はたんなる家族の日常的な物語に終わるのではなく、家族という単位が、いわば地上のもっともなまなましい一生命体として息づいて見えてくることも、わたしはここに記しておきたい。

白萩がもう咲きそめて門《かど》に添ふ待つことはあなたに待たれゐること
蠟燭のひとつ光にもの食へば家族のひとりづつの顔の奥ゆき
過ぎゆきし歳月の中の子らのころお母さん、お母さんどのころも呼ぶ
手をのべてあなたとあなたに触れたきに息が足りないこの世の息が

寓話の時間――俵万智『チョコレート革命』が目指したもの

俵万智の第三歌集『チョコレート革命』をあらためて読み直した。初版の刊行が平成九（一九九七）年五月であるから、およそ七年ぶりである。刊行当時は、軽く読み流していたのみなので、しっかりと向き合うのはむしろ初めてといってもいい。読み始めてすぐに、なかなか技巧的な表現であったんだな、と思う。技巧的といったが、それはたとえば比喩がうまいとか、ことばが的確だとか、韻律が新しいとかいうような、わかりやすい意味合いとはちょっと違う。いってみれば何かもっと厄介な仕掛けが、一見やさしい表現のなかに潜んでいることを、あらためて感じ始めたのである。

冒頭近くにこんな歌がある。

日曜はお父さんしている君のため晴れてもいいよ三月の空
真夜中の間違い電話に「もういい」と言われておりぬもういいいんだね
逢うたびに抱かれなくてもいいように一緒に暮らしてみたい七月
ぶどう狩りパスして我に逢いにくる男よふりむかなくていいのか

これら一連の歌のなかには、いいよ、もういい、いいんだね、いいように、いいのか、いいってもんじゃないよなどと、「いい」という語が続けざまにあらわれている。この「いい」という語の頻出、あるいは連続が示しているものはいったい何であろうか。

歌が示しているのは、男と女の微妙なシチュエーションの構図から見て、いわゆる「不倫」という関係であることは間違いようもない。そしてその「不倫」という関係を、日常的な生活の風景のなかでとらえ返してみるとき、女の意識が「君」あるいは「男」に対してさまざまに波立っている。「いい」ということばは、その波立つ意識の中心において、いわば蝶番のような位置を占めていることに気づく。

たとえば、一首目の歌の「いい」は、「日曜はお父さんしている君」のために空が晴れることを率直に肯定する意味が含まれている。だが、この肯定の色合いの濃い「いい」は、女の意識が二つの生活の風景のなかで波立つにしたがって、しだいに複雑に乱反射を見せていく。つづく歌では、「真夜中の間違い電話」に隠されたドラマに、居直るかのような「いいんだね」が見えている。つまり、現在とは異なった（不倫ではない）関係を想定するとき、「いい」ということばのニュアンスに微妙な変化があらわれてくるのである。三首目の「逢うたびに抱かれなくてもいいように」の「いい」には、不倫という位置関係を違った方向へと導く、願望のような、祈りのような意識があきらかに読みとれるだろう。さきに「いい」ということばが蝶番の位置を占めているといったのも、まさしくこのことのことであって、男と女の関係が「性=身体」に限定されることに抗っている意識といいかえることもできるだろう。といっても、それは抗議というほどの強い意識でないこともまたあきらかである。女は「ぶどう狩りパスして我に逢いにくる男」を迎えて、また心の針が揺れる。そういう応対を含めて、むしろ関係の曖昧さ自体を肯定的に認知していることも疑えないのである。

そのような意識の反映が、「蛇行する川」の隠喩としてあらわれているのもわかりやすいところだ。わがままに擬人化され、諷喩化された「川=自然」がここにはある。あるいは、「急げばいいってもんじゃないよ」という表現には、「自然」を装うことで確認された女の意識のふてぶてしさが、漂っているといってもいいのかもしれない。

冒頭の一連には、そうした意識の「重さ」と同時に行為の「軽さ」が、「いい」を蝶番にして表出されていた。といえば、ここで読者は当然ながら『サラダ記念日』のあの有名な一首を思い出すことになるだろう。

「嫁さんになれよ」だなんてカンチューハイ二本で言ってしまっていいの

思えば、俵万智という歌人の顔を象徴することになったこの歌にも、すでに「いいの」が使われていたことになる。だがそれにしても、この歌が何故あのように軽々と人々の口から口へ広がっていったのか、その理由とじっくり向かい合ったことがあっただろうか。

実はわたしは、この「カンチューハイ二本で」を「カンチューハイ二杯で」とうろ覚えに記憶していた。そのためであろうか、この一首を耳にするたびに、頭のなかをある歌がしばしばよぎっていた。それは唐突ながら、あの幕末の落首「泰平の睡りを醒ます上喜撰たつた四はいで夜もねられず」である。いわずと知れた黒船来航騒動を揶揄した一首で、「蒸気船」に銘茶の名の「上喜撰」が掛けてある。「カンチューハイ」と「蒸気船」とは、いかにも突飛な連想であるといわれそうだが、わたしには、この二つに同類の匂いがあるという思いを捨てきれない。内容的にはともかくとして、流布していく力の強烈さという点では、「カンチューハイ」の一首は十分に落首なみといえるだろう。

落首というのは、いってみれば歌集のなかに閉じこもるという性質のものではない。政治や権力者に対するこの風刺的な言説は、なにげなさを装って道に落とされたり、門や壁に貼りつけられたりするのが常であって、古代では童謡（わざうた）がそれとして横行したという。童謡、つまり流行歌謡である。ずっと時代が下って江戸時代末には、他人の情事や失敗をあばく戯作者たちのフォーカスまがいの悪摺《あくずり》にも派生していったといわれる。

それが政治的な風刺であれ、私的な情事の暴露であれ、落首とは、社会や風俗にまみれたなかで、むしろそれを逆手に取って翻ることばであり、ことばの主は覆面が前提とされている。いや、ことばの主体は、むしろ必要がないといってもいいであろう。このとき、ことばは作者個人の内面などを超えて、社会や風俗の切断面を強烈に、しかも端的に人々の意識の表層に浮かび上がらせる。こう思い返してみれば、「蒸気船」と「カンチューハイ」とは、ともにその時代のぴかぴかの風俗＝モードだったことにあらためて気づくだろう。そして「蒸気船」の落首が「たつた四はいで夜もねられず」ということばの裏に、時代変革の気分を予知していたとすれば、俵万智の「カンチューハイ」も同様に、ほんの「二本」だけで、若者たちの恋と結婚のモードを挑発するかのようにひらめかせていたのではなかったかと思うのである。

女は男に対して「カンチューハイ二本で言ってしまっていいの」ときく。だが、この「いいの」ということばには、おそらく「否」という答えは真面目に求められてはいない。「いいの」と問いながら、「いいんだ」とひそかに自答する意識が隠されている。結婚への相互認知が二人の間における儀式的な認知以前にすでに成り立っていることを、対話の明るさと軽さが十分証明しているだろう。ここには、恋と結婚にまつわる痛みや傷などの経験を、まさしく無用とする新しいモードの確立が告げられていたばかりではない。そのモードが、ことばに出さずして内心の肯定のニュアンスまでも伝えるというような、巧妙な対話表現によって支えられていたことを、わたしはあらためて確認する。

このモードを恋と結婚に対する始まりの反応とすれば、『チョコレート革命』はいわゆる不倫のモードへと変化を見せている。だが、表現の位相自体は『サラダ記念日』から大きく変化しているわけではない。たとえば、妻子ある男と「一緒に暮らす」ということが、「逢うたびに抱かれなくてもいいい」ことと同じ重さであったり、家庭をいっとき放棄して逢いにくる男に「いいのか」と問うたりしながら、それを「いいんだ」という空気のなかで認知するという呼吸にも、さしたる変化は認められない。

もちろん、これらの歌に示されている女の現状肯定意識を、作者のそれに重ねて読むことには意味がないだろう。なぜなら、「カンチューハイ二本」で簡単に結びついていた恋のモードが、やがて「日曜」や「真夜中の間違い電話」や「ぶどう狩り」などというありふれた風景に変化しただけであって、いわば初恋モードが「妻帯者との恋愛」モードに取って替わられているに過ぎないからだ。そうしてこのモードは、作者の経験の重さによって担われているというより、むしろ任意に、たまたま偶然に選ばれているという印象のほうが強いのである。

「日曜はお父さんしている」といい、「ぶどう狩りパスして」というように、恋愛相手であるこの女は特別の女ではない。彼女はまさしく欲望の時代が生み出した任意の女であり、社会のなかで、あなたやわたしのすぐ隣りで、通り過ぎて行く女の姿であるといっていい。そしてそれだけで十分に主人公の位置を占めている。風俗と現実を一つにすることで生まれた、現代の寓話的存在がここにある。

男ではなくて大人の返事する君にチョコレート革命起こす
焼き肉とグラタンが好きという少女よ私はあなたのお父さんが好き
携帯電話にしかかけられぬ恋をしてせめてルールは決めないでおく
関係はまだ決めないでおきましょう黄色いニラを炒める時間
かけあわせ試験の途中で消えゆけばついに名前を持たぬくだもの
家族にはアルバムがあるということのだからなんなのと言えない重み

それにしても、「チョコレート」と「革命」という、この二つのことばの組み合わせが意味するものは何であろうか。それが男女の関係の寓意であるとすれば、おそらく、偶然が引き合わせた任意の二人による男女関係の隠喩以外ではないだろう。わたしはここで、「おもちゃの兵隊」という似たようなことばがあったのを思い出す。「おもちゃの兵隊」には視覚的なイメージが、「チョコレート革命」には甘くて苦い舌ざわりが、同じ寓話的なイメージのなかに広がっていく。不倫という名の恋を対象として、それに甘くて苦い口当たりを装うことで、共通の愛の表象にしようという革命を志した寓話、それが『チョコレート革命』であるといってもいい。

ここに引いた歌をみればすぐわかるように、寓話に邁進する女を肯定的な化身として歌う一方で、そこにひそむ否定的な沈澱物をそっと舌で味わうこともする。つまり、任意にパートナーとなった男女は、その任意性ゆえに自由で最高の関係であるはずなのに、実は社会から疎外されるという苦さがどの歌にもあらわれている。自由で最高の愛の形態が、「家庭」という枠組を軸とする愛の不変神話的なイメージのただ中に差し出され、揺すぶられているといってもいいのである。つまり「チョコレート」と「革命」のあいだには、そうした愛の市場の変動のなかで沈澱する意識が、そのまま現実的な寓話を作り出してしまうという契機が孕まれているだろう。

ブーゲンビリアのブラウスを着て会いにゆく花束のように抱かれてみたく
君の残してゆきし煙草に火をつけるマッチ売りの少女のように
水蜜《すいみつ》桃の汁吸うごとく愛されて前世も我は女と思う
嘘っぽさにむしろやすらぐ夜ありててかてか光るお台場の海
はじめての町のバス停にバスを待つ人の顔して立ってみるなり

愛が任意であるとき、男女の関係で残されているのはその「変装」でしかない。そのとき人は、愛という名のモードを生きるパーツになる。『チョコレート革命』の歌集全体がヴィジョンとしてとらえているのは、そうしたパーツとしての男女が、たんなる道徳に還元することが不可能な場所で、「変装」的に生きている姿を肯定するという革命である。そしてそのために必要なイメージを生産することである。

もとより、モードのなかで生きる人間にとって、そこに新しくつけ加えるものは何もないのである。ただモードのなかで実際に自分を動かしているものをつきとめ、自己を演出することだけが残されているのである。「サラダ」や「カンチューハイ」や「チョコレート」ということばは、そのモードを生きる能力、モードと軽やかに戯れる能力を見事に示しているというべきだろう。

女はブーゲンビリアのブラウスを着て花束に変身する気分をまとったり、男の残していった煙草に火をつけて、マッチ売りの少女に自分をなぞらえてみたりする。あるいは、見知らぬ町の見知らぬ人の、けれどもどこにでもある町のどこにでもいるような人の顔をして、バスを待ったりする。ここに見えている女は、「主体」でも「作者」でもなく、いわば「主人公」と呼ぶべきであろう。短歌がこうした「主人公」を持っていることはめずらしい。虚構的な匂いのする「主人公」をつくることを、短歌はむしろ忌避してきたといっていいからである。しかし、俵万智の読者は、逆に、「作者」ならぬ「主人公」がそうして町なかで次々と「変装」している姿に、自分の姿を重ねあわせる機会にめぐり会えたわけである。

俵万智の歌が多くの読者を獲得した秘密もそこにあるだろう。読者は、彼女の歌を通じて、作者や主体によるメッセージを受け取るのではない。彼女の歌に明確な生の主張があるのでも、また斬新な写実描写があるわけでもないからだ。そこにあるのは、「主人公」と化した私が、愛についての想念を抱きながら「変装」を重ねていく風景だけがあるといってもいいのである。

ただし、その愛の想念がことごとく「対話」として成り立っていることは、鮮烈なばかりに新しい。対話の形式は同時に演技的なふるまいを伴っていて、それがまた読者という多数の主人公たちの「変装」を促しているのである。「変装」というモードを通じて、読者は自分の生、あるいは性の表象を共有することになるのである。

モードのなかで、人が成熟するのは難しい。とりわけ自己の成熟においてはなおさらのことであろう。そして、成熟の代わりに自己を襲うのは、人生という名の時間である。その時間のなかで、人は任意の関係があたかも必然であったかのように振る舞う。『サラダ記念日』から『チョコレート革命』に至る過程には、そうした時間が何かの啓示のように流れている。

Ⅳ　折々の歌

〈自然〉を記憶する

近ごろ、いわゆる〈自然〉にかかわる印象深い文章に二つほど出会った。一つは、東日本大震災の一ヶ月後あたりだったろうか、朝日新聞に載った「津波耐えた夫婦松　救って」というコラムである。そこにはあの大津波に耐えて、たった二本残った岩手県田野畑村のクロマツのカラー写真とともに、このようなことが時の話題として書かれていた。

「一万七千本の松が並ぶ防潮林だったが、ほかはすべて流された。大きなマツに寄り添う小さなマツを地元の人は「夫婦松」と呼び、保護を求める。十日、樹木医らが状態を調べた」とあり、その「支え合うように生きる姿は、まさに復興のシンボル」だと地元の人は話している、とあった。

もとは壮大な松林のうちの二本であったこのクロマツは、もしこのまま枯れずに生きるとすれば、それはもはやたんなる自然の一木を超えた存在、つまり「時代の象徴」として「伝説」的存在になるだろう。現代の歌枕として詠まれる可能性さえある。歌人はその時、クロマツを見上げながらどう歌うのだろうか。おそらく、樹の向こう側に隠された時間を見つめるということにもなろうか。現代において、とりわけあの大津波以後〈自然〉とは何かと問うことの難しさが浮かび上がった瞬間である。

もう一つは民俗学者、赤坂憲雄の「野生の呼び声――異類婚姻譚を手がかりとして」(『ネイチャー・センス』)というエッセイである。

赤坂によると、日本列島の自然空間は、ムラ/里山/奥山という三層において構造化され、わたしたちは古くから里山を緩衝地帯として、奥山からの野生の呼び声に耳を澄ましながら、この野生を豊かに抱えこんだ自然とともに生きる知恵や技を磨いてきた。しかし今日、その里山が崩れ、山が人家に襲いかかり、都市にクマ、サル、イノシシなどの野生の獣が直接侵入してくる現実を露呈しはじめた、というのである。そしてこのような衝撃的な言葉を記す。

「いま、わたしたちは思いがけぬかたちで、野生とのあらたな邂逅を果たそうとしているのかもしれない。列島の自然は確実に、回帰のときを迎えつつある。去勢され、失われたはずの野生が息を吹き返し、よじれながら社会の表層に露出しようとしている。大都市のふところ深くに迷いこみ、逃げまどう野生の獣たち、サルやイノシシやカモシカたちの姿が、きっと黙示録的なはじまりの光景のひと齣であることを、記憶に留めておいたほうがいい」。――これもまた新聞やテレビなどを通じてよく見かける光景になってきた。

ところでこの文章を読んですぐに思いだしたのは、前川佐美雄の一首、「野にかへり野に爬蟲類をやしなふはつひに復讐にそなへむがため」(『白鳳』)であった。昭和初期に詠まれたこの歌と現代とでは、「復讐」の感覚が違うことはむろん承知している。では、近代を超えて、野生はいかに生き延びうるのか。人と野生とのあらたな交わりの風景は果たしてあるのか。

並み立てる冬の欅の梢《うれ》けぶり真横につらぬきゆく鳥のかげ　『胡瓜草』花山多佳子
撓み伏す光の条《すぢ》のおびただし　たんぽぽの茎草にまぎれず
人の世の声有《も》つわれと声出さぬ庭木と　ともに月仲間なり　『月の夜声』伊藤一彦
しづかなる秋の一夜をわれは言葉、月は光の沈黙交易
星あかりにわれを尋ねてくるひとのきのことなれり傘をひらきて　『野生の聲』前　登志夫
われはいま靜かなる沼きさらぎの星のひかりを吉野へひきて

最近の歌集から、わたしの関心を引いた〈自然〉をとらえたものをあげてみた。花山の『胡瓜草』には、いわゆる嘱目詠というような草木の歌が多くある。歌い方は写実というより、かなり理性的である。欅の梢や鳥のかげ、光の条などを正確に見てとり、それを淡々と言葉に置き換えている。その静かなまなざしに親愛感が感じられる一方、自然との交感や神秘性を注意深く排除しているように見える。その自然の表情が新鮮だ。
それに比べて、伊藤一彦や前登志夫の歌の違いは歴然としているだろう。ここには草木や獣

ばかりか月や星さえ人と交わり、その境の敷居はきわめて低い。前登志夫の歌にいたっては、「われ」はそうした交わりによって、まさに変幻自在の存在となっている印象だ。生命交感のユートピア的宇宙がここにあるといってもいいだろう。

さて、わたしはいま、赤坂のいう「大都市のふところに深く迷いこみ、逃げまどう野生の獣たち」の存在に思いを馳せる一方で、あの大津波に逃げ惑った人間の姿もまざまざと眼に蘇る。「3・11」以後、わたしは、自然が本来的に合わせ持っている野性とどうつきあっていくのかという問題とともに、自然をどう〈記憶〉していくのかについて、思いをめぐらすことが多くなった。

海人、山人――谷川健一追想

二〇一三（平成二十五）年八月二十七日、通夜の祭壇に置かれた谷川健一さんにお会いした。遺影のお顔はいつもと変わりなく、祭壇の白い光に照らされて棺が置かれていることが、哀しい嘘のように思われた。

谷川健一という存在は、わたしにとって、いわば人生の中で出会った異人の一人である。同じような存在に歌人の前登志夫を並べてみるが、前登志夫を「山人」と呼ぶとすれば、谷川さんには「海人」の風貌があった。共通しているのは大きな身体と、荒ぶる魂と、強い存在感であろうか。浅学なわたしは谷川さんと深い交流をもっていたわけではない。けれども二人がともに喪われた今、わたしの中では海人、山人という二つの存在の形が、いよいよ明確なものになっている。

谷川さんから直接にかけられた声として、わたしが最初に記憶しているのは、やはり前登志夫にかかわるものであった。わたしは一九九二（平成四）年に『山上のコスモロジー――前登志夫論』という評論集を出版したのだが、それを谷川さんに送ったのだろう。はっきりとは覚えていないが、出版後一、二年経った頃に、近よってきた谷川さんから「俺は、あんたみたいに甘くはないよ」と声をかけられたのだった。『山上のコスモロジー』についての言葉だった。おそらくわたしはその衝撃に怖じて何も言えなかったのだろう。他のことは全く覚えていない。ただその口調と、特徴である少しはにかんだような笑みをたたえた顔を記憶している。

その頃のわたしにとって、谷川健一といえば何よりも『海の夫人』（一九八九年刊）の歌人であった。

海彼《かいひ》より春の胞子の飛びくれば羊歯《しだ》の香ぞするわがとこよびと
青と黄の瑪瑙の縞のほどけゆき目まひのなかより鳥飛び立ちにけり

このような『海の夫人』の歌に魅了されていたのである。海や空のかなたに向かってはるばると放つ言葉の浪漫性の豊かさ、そして酩酊感を呼ぶ韻律の深さと心地よさ。万葉集の歌にも通じるおおらかな魅力に心震えたのは、そこに現代の歌の傾向にはない何かを強く感じたからかもしれない。

歌に添えられている数葉の風景写真の魅力もまた大きかった。写真家・時詩津男の撮影による八重山や野間半島の風景の美しさ、みごとさには、まさしく魂を奪い取る魅力があった。風景というものに人一倍敏感に反応してしまうわたしは、風景も言葉も原初の輝きをもっている宇宙的光景をそこに感じていたのである。
つづく第二歌集『青水沫』（一九九四年刊）では

どくだみの花揉みしだかるるゆふやみの庭の匂ひに乳母恋ひにけり
歎かへば夜空美し天の川母《おも》の樹の乳のごとく流るる

というような、母性的なものへの憧憬を美しいと思い、そのことを歌集の感想として伝えたく思った。『青水沫』には母や乳母や少女や幻の女など、いわゆる〈妹の力〉が充ち充ちており、それが歌われている風景と渾然と溶け合って不思議に懐かしい情感を掻き立てる。そのようなことを手紙に書き送ったところ、「思いがけない評だ」という返事をいただいたのだった。

それを始まりとして、その後ときおり地名研究会の集まりや民俗探訪の旅へ呼んでいただいた。また歌の批評会に来ていただいたこともある。そしてそのあとは必ず賑やかな、長い酒宴だった。精力的に、それこそ口角泡も食べ物も飛ばして語り、飲み、食べる濃密な時間。知識、学識の上では敵うべくもないわたしがときおり挟む出まかせの言葉に、「あんた、それは鋭いかもしれん」などと、真顔で応じてくれる柔軟さは驚くべきものだった。高名な学者であるにもかかわらず、少年のような初《うぶ》な、敏感な精神を感じさせたものである。

谷川さんとの最後の出会いとなったのは、二〇〇八年三月号の「短歌往来」の「前登志夫の現在を語る」という鼎談の席上だった。谷川さんは、前年に出版された前登志夫の歌集『落人の家』（二〇〇七年刊）を高く評価し、それとともに前登志夫の小説集『森の時間』（一九九一年刊）の再評価を促したいという思いが強くあったようだ。谷川さんを中心にして、水原紫苑さんとわたしとの鼎談はゆるやかなものだったが、そのとき谷川さんとわたしは『落人の家』においても、『森の時間』においても、妙に意見が食い違ったという記憶がある。

いま、あの鼎談記事を読み返してみて、ひとつわかったことがある。わたしはおそらく、『落人の家』に、谷川さんの言う〈老いの感慨の深さ〉を読むことが嫌だったのだ。だが、そんなわたしの思いと裏腹に、『落人の家』出版の翌年に前登志夫は亡くなり、そしてまた、谷川健一も亡くなってしまった。

声のみなづき

日高堯子

まあたらしき死者のこゑすひらきたる鉄砲百合を覗きてをれば

六月は遠い声のなつかしい季節である。泰山木や梔子《くちなし》や鉄砲百合の花の香が、どこからともなくただよう湿った空気の中から、わたしを呼ぶ遥かな声。ふと蘇る死者の声。わたしは亡くなった人の声をどのくらいの年月覚えていられるだろうか。

浄瑠璃や落語など、肉声で語られる「語り物」が昔から好きなわたしだが、目下、夜な夜な聴いているのは、咄家《はなしか》の柳家小《こ》さん（五代目）と三遊亭圓生（六代目）の声である。というのも、元来眠りの浅いたちであるのが、この五、六年はますます高じてきて、なにか睡眠装置がないと夜の時間が長く、辛気くさくてかなわないからだ。イヤホーンをつけたままで朝目覚めることもしばしば。同じ咄を何十回も聴き、何十回でも同じところで笑うのである。

圓生の「死神」聴きつつ落ちてゆく眠りの穴のほのあかりかも
わらひつつ死ぬは淋しい　圓生の咄のなかを雪ふりしきり

こんな歌をつくったことがあったが、わたしは若い頃から噺家といえば圓生、であった。学生時代には落語名人会などに小遣いを貯めては出かけた。その頃、名人会、独演会などと銘打って、長い噺を大ホールなどで聴かせるというのが流行しはじめていたように思う。大学はちょうど全学連闘争の時代で、授業はほとんどなかったのだが、闘争運動にも加わらず落語を聴きにゆく自分が、やや後ろめたかったことを覚えている。

圓生のことは、声はもちろんだが、その顔や姿かたち、出方、ひっこみ方、羽織の脱ぎ方など、どれもぴたりと形が決まり、これぞ正真正銘の芸人と思っていた。圓生は六歳の時に義太夫をはじめたのが芸の初めだそうで、そのためか人情噺が得意である。高座で肉声を聴いていると、めりはりのいい語り口や声の艶に身体ごとずんずんと引き込まれ、長い噺が終わった時には、わたしはなにか途方に暮れたような気分になったものだ。

圓生は羽織を脱ぎし頃合か噺の口にかからんとして
噺しをはりどろりとそこに噺家の皮のやうなる黒羽織のこる

今はCDやテープを耳で聴いているだけ、といっても、そこには噺家の息を吸う音、吐く音をはじめとして、仕草の気配や表情がなんとなしに空気音として感じられる。あ、いま羽織を脱いだな、口をぬぐったな、茶を呑んだな、などと。けれどそれが如実にわかるのは、わたしには圓生だけである。

耳だけで落語を聴く時は、とうぜんながら表情や仕草が見えない。言葉の微妙なニュアンスや語られない含みなど、咄家の表情や間や手の形《なり》で読んでいたものがわからない。それゆえ耳だけで聴くには、たとえば古今亭志ん生の声は少しふにゃふにゃしすぎるし、桂枝雀の関西弁はわたしには少し早すぎる。その上このごろは、圓生の、あの登場人物にのりうつったような情の濃い声で語られる人情咄が、夜聴くにはだんだん怖くなりはじめたのである。

というわけで、目下、愛好一入なのが小さんの滑稽咄である。「たぬき」「穴どろ」「笠碁」「うどん屋」「宿屋の仇討」などなど、何回聴くことだろうか。顔と姿そのままのとぼけた訥々とした語り口。とろいようでいて声の幅は広く、武士も町人も農民も声ひとつで演じわける。小唄の一節を披露する時など、意外なほど声に張りがあって美しい。わたしはそうして夜な夜なおかしな人たちの棲む長屋界隈に入り込み、ときどき薄笑いながら、安んじて眠りに落ちるのだ。

そのときの闇の中の声のふしぎななつかしさ。声は遠くから、ひとすじにわたしの耳をめざしてやってくる。そして脳にしみわたる。恋にも似て。

我汝《われなれ》をまつことひさし杜宇《ほととぎす》　一茶

郭公《ほととぎす》なくやさ月のあやめぐさあやめもしらぬこひもする哉　読人知らず

ほととぎすもまた、遠くから来るなつかしい声のひとつだ。旧暦の五月はいまの六月ごろだろう。ほととぎすの声を聞くたびに、わたしは一茶のこの句を思い出し、胸の騒ぎをあらたにする。ほととぎすが何の使いか知らないが、その声の響きを聴けば、人は昔から、あやめも知らぬ恋を心に深く思ったのである。

とりつく枝雀

しかしまあ、まい、毎晩毎晩、ええ按配に、の、呑んでこうして、あー、いられるというので、幸せなことですね、ははは。有り難いことですよ。ねえ？　くー、本当のところね。有り難いことですよ、毎晩毎晩ね。（急に声を張って）お月さん！　こんばんは。（爆笑）いつもスビバセンねえ。あなたがこうして照らしてくれるおかげでですね、あかあかとですね、ですから蹴躓きもせずに歩いていられるということですね。いちいちお手紙は差し上げませんがね。有り難く思っているということはねえ、間違いの無いところでございますよ、本当ですよ。へー。（また声を上向けて）お月さん、いつまでもお元気でね。（爆笑）

ここ十年くらい、毎夜、落語のテープ（ＣＤ）を聞きながら眠りにつく。寝つきが悪いせいだが、昔はもっぱら気楽な本を読みながら、というのがわたしの就眠のスタイルだった。それが、いつごろからか、寝ながら本を読むときの横向きの姿勢がひどく身体に辛くなった。それ以来、耳に音を流しつつ眠りに入るというのが習慣になったのである。ときにはひと晩中、咄家の声が遠くなり近くなりして耳にひびいていることも――いや、たびたびある。

眠るために耳に流すものも、ラジオだったり、音楽や朗読のテープだったりと、これまでいろいろ試してみた。けれど、にぎやかすぎても、静かすぎても身体に落ち着かず、何故かわたしには落語がいちばんだったのである。はじめは三遊亭圓生（六代目）のテープばかりを聞いていた。若い頃に大の圓生ファンだったので、テープがあったからだ。そしてこんな歌をつくった。

催眠のテープを回す　この夜はこゑ艶やかな人情咄
わらひつつ死ぬは淋しい　圓生の咄のなかを雪ふりしきり

十年ほど前の歌である。その頃はテープだったが、じきにわたしもｉＰｏｄやＣＤに替わる。変化はそればかりでなく、圓生の声がだんだんと怖くなってきたのである。

高座で聞く落語と、テープで耳だけで聞く落語とは、むろん違う。テープでは咄家の表情や仕草は見えない。だから、咄の中に空白の間がたくさんできる。圓生の咄の中の空白は、ファンであったわたしには、テープの中のかすかな気配からおおよそ想像することができる。あ、いまお茶に手を伸ばしたなとか、羽織を脱いだなとかいうように。だが、むろん細部への視覚は閉ざされている。それだけにいっそう純粋に声音を感じとっているのだろう。圓生のあの声の艶や張りや、情の濃さ、こまやかさ。あるいは因果がからむ人情咄の語り口の緩急、切れや粘り。昔わたしが惚れこんでいた圓生の芸は、いま眠るための音声として闇の中の耳に直接ひびかせるには、あまりに真に迫り、因縁が絡みすぎる。声が闇の中からむっくりと気配をまとって立ちあがってきて、怖いのである。

圓生の次に永いこと聞いていたのは柳家小《こ》さん（五代目）だった。新旧いろいろの咄家を間にはさみながらも、一、二年は小さんに愛着していた。といってもそんなに多くCDがあるわけではないので、同じ咄を何回でも繰り返し聞く。とくに歳をとってからの小さんのゆっくりした、とろんととぼけた味の語り口が、眠りを誘う音声としてまことに好かった。

枝雀の咄は、（CDの「枝雀十八番」だが）それまでも時々は聞いていた。だが、わたしが関東人のためか、あるいは枝雀の咄を生で聞いたことがないせいか、その早口にまくしたてる関西弁（大阪弁というべきか、とにかく舌技が凄い）が、耳だけではうまく聞き取れなくて、あまり聞くことがないまま過ぎていたのである。それが、いよいよ小さんの咄にわたしの耳が慣れ切ってしまって、いわばしかたなく、新しい声を求めて枝雀を聞きはじめたのである。そして、まんまとはまった。

冒頭に引いたのは、わたしの愛する枝雀の咄のひとつ、「親子酒」の一部分。酒に酔った父子がお互いに「また酒を呑んでいるな！　毎晩毎晩酒ばっかり呑んで、齢《とし》いたものは仕方がないとして、若いうちから酒ばっかり呑んでどうするか。バ、バカ、ぶー。」と、父と息子が互いにこごとを言い合う「合わせ」の笑いの型を枠にしている咄だ。枝雀の代名詞となった「スビバセンね」もふんだんに出てくる爆笑の一話。といって咄に特に筋があるわけではない。酔った父子の台詞と仕草で笑わす咄なのだ。訳のわからない、枝雀のアドリブのような酔っぱらい唄もたくさん出てきて、その可笑しな節と言葉が妙に楽しく、懐かしく、耳に沁みつく。きっと枝雀自身も大の酒好きなのだろう、咄の中の人物か、咄家自身なのか、ときにその境さえ消えてしまう。伝わってくるのは独り言をいいながら夜道を帰る酔っぱらいの肉体そのものだ。そして突如、声の質を変え、「お月さん！　こんばんは」と、異次元へ飛ぶ。その声がまたなんとも純情で可愛らしく、爆笑を呼ぶのである。変幻自在に繰りだされる言葉の洪水に、笑いのテンションは上がりに上がり、絶頂時にはホール全体笑いの坩堝、それこそ次元が揺れる、という。

あるいはまた「くしゃみ講釈」の最終部分の凄まじいくしゃみ連発、「鷺とり」の長い長い枕の可笑しさ、楽しさ、「くやみ」の大阪言葉のもにゃもにゃした語尾も愛しく、いったん枝雀の芸にとりつかれると、ほかのどの咄家も影が薄まってくるほどだ。あるいは、耳から聞くだけなので声から肉体をよけいに感じるのかもしれない。その肉体に、咄の中の酒呑み息子に、つまりは噺家枝雀その人に愛着してしまうところが、圓生の噺などと異なるところだ。枝雀の声には現代人の自意識もたしかに感じられる。それにしても噺のあの熱の凄まじさ。あんなにテンションを上げて噺をしては危ない。枝雀が死にたくなった気持ちがわかる気がする。

水のある風景

生家の裏を川が流れている。夷隅川《いすみ》だ。源は千葉県のまん中の清澄あたり。そこから起伏のある上総台地をくねり、くねりして流れ、末は太東岬の近くで太平洋にそそぎ入る。わが家の裏あたりではまだあまり大きい川ではなく、しかも家は川から切り上がった崖上に建っていることもあって、川の音は聞こえない。水の響きが子守唄というわけではなかった。

だが、川をいつも感じていた。とくに、十数年前の台風で崖が樹木とともに十メートルほど崩れ落ちてからは、すっかり見通しがよくなった川の景色を私は眺めることが多くなった。川は低い山と水田の間を蛇行しつつ流れてくる。ひっそりと静かな川だ。崖が崩れたおかげで、昔は降りられなかった斜面も草づたいに降りられるようになり、川はいっそう身近になった。川辺に降り、川砂にさわり、川音を聞き、おはぐろとんぼを見る。小さい頃はこの川に田舟のような小舟を浮かべたこともあった。水の上に舟を浮かべ、視界の低い世界にゆっくりと身を浸す。ぼんやりとたゆたう、眠たいような、永遠なような空気の心地よさ。水と同化しやすい私の性分は、おそらく生家裏を流れていた川の影響だろう。

水の力といえば、『梁塵秘抄』の中に「石神《いはがみ》三所は今貴船、参れば願ひぞ満《み》てたまふ、帰りて住所をうち見れば、無数《むす》の寶ぞ豊かなる」という神歌がある。その註に、この歌のような石神であり水神でもある社として現在残っているのは、上総国夷隅郡総元村三又《みまた》の山神社、とあって吃驚した。場所は生家のすぐ近くなのだ。早速出かけてみたがわからない。八声《やごえ》という村のあたりで尋ねると、水田の中を貫く一筋の道の果ての、黒く蟠る樹立をあいまいな顔で指さしたのみ。おそらくもう廃社なのだろう。「小屋の如き大石があり、傷つけると血を発す」という伝えもあるらしい。その言葉の遥けさに目をつむるような気分で、私はそれ以上探さずに帰ったのだ。

あたらしい鉄塔が日に日に魂帯《たま》びる首都上空をけふ初時雨　　日高堯子

木洩れ日の記憶

椎《しい》の若葉の季節である。私の生地の房総半島には椎の巨樹が多く、六月はひときわ明るい金色の梢《こずえ》をむくむくと空に広げる。その風景をフロントガラスに見つつ、私は週に一度父母の家へ通っている。

生家の裏庭にも大きな椎の樹《き》がある。私の幼い頃には三本あった椎の樹は、その頃すでに古樹だったのだろう、一本はまもなく枯れ、あとの二本も年々小さくなり、老樹の姿を陽《ひ》にさらしている。それでも初夏がくれば若葉を噴き上げ、甘い花の匂いをあたりに放つ。

椎わかば空をおほへる葉群よりもがき出《い》でくる光を見たり　日高堯子

木《こ》洩《も》れ日が記憶を呼びさますのはなぜだろう。ちらちらと揺れる光に時間を感じるのだろうか。葉群を透けてくる光の中に、私は幼い自分や、父母や祖父母のある日の姿を、さらには顔も知らない曾祖父の幻さえ見る。

先日、ドロタ・ケンジェジャフスカ監督のポーランド映画「木洩れ日の家で」を見た。ワルシャワ郊外の森の中の古い木造屋敷に、犬と暮らす老女の最晩年の日々を、ほとんど独白で綴《つづ》った映画である。そこには日本と同じ老人問題が浮上しているが、映画の感動はじつはそんなところにはない。この映画の主役は、おそらく、屋敷を深く包みこみ、硝子《ガラス》窓を通して部屋に注ぎこむ木洩れ日の美しさだ。その柔らかい光と影の中で、老女は犬と食事をし、うたた寝をし、外を眺め、独り言をいい、回想する。過ぎ去った時間がふりつもった木洩れ日の庭は、彼女の人生を映し出すスクリーンのようであり、古い木造屋敷は彼女の肉体そのものとも見える。

一年ほど前、筑波大学の大学院生が二、三度生家を訪ねてきたことがあった。昔の家の植栽を調べているのだという。房総をいろいろ歩いているが、昔のままの民家はほとんど残っていないともいう。生家も、住まいの方はともかくとして、植栽はずいぶん変わった。庭の主木であった松はすべて枯れ、玄関前の蘇鉄も枯れた。玄関前に蘇鉄を植えるのは定型であったらしい。私は彼に、躑躅や梅や椿、桜や楓などとともに、いまは消えてしまった木々の名と場所を告げながら庭を廻った。そしてそれらの木々に映し出されてくる祖《おや》たちのことを思った。祖父の植えた泰山木、祖母の柘榴。父の好きな萩や芙蓉は確実に父の死後も咲くだろう。木々は一族の生命を吸いとって生き変わりしながら、時の残像を静かに告示しているようだ。

夏芙蓉吸ひゐる永し　きらめける時の震へのごとき蝶《ちょう》の翅《はね》　　日高堯子

生死を思う夏

八月は、山行《さんこう》、水行《すいこう》の季節。とりわけ猛暑の今夏は、山を恋い、水を恋うのも切実だ。またこの月は、盂蘭盆《うらぼん》と敗戦の月でもあって、人々は故郷へ向かい、あるいは旅に出て、それぞれの山水に出会い、生死の陰影の濃さを身にまとう。

夏草の茂りの上にあらはれて風になびける山百合の花　　若山牧水『白梅集』

大正五年の夏、三浦半島の北下浦での作。ある日、山道を行く牧水は、丈高く、白く咲く山百合の花に出会う。牧水にとって北下浦は、妻の病気療養のために前年より移住していた地。夏草の中で風に揺れ、強い匂いを放つ山百合の花は、この時、ゆたかな生命を蘇生させるべく願う、祈りの花でもあったろう。

一山《いっさん》のかなかな啼ける夕まぐれむらぎも蒼くもどるけもの道　　前登志夫『樹下集』

山を震わせかなかなの啼きしきる夕暮の道を、作者は家に戻って行く。その道が「むらぎも蒼くもどるけもの道」に変貌する瞬間を歌はとらえた。前登志夫はみずからを「山人」と呼び、日本人の魂の源郷をゆたかに歌いつづけた。だがこの歌は、都会から山に向かう私たちにとっても、忘れていた野性をとり戻す体験をとらえたものといえるだろう。

涙目のごとく湖《うみ》冷ゆ　うた一首成仏させれば虹に青濃し　　小黒世茂『やつとこどつこ』

師である塚本邦雄の生地・近江を訪れた時の一首。季節は晩夏。師を偲ぶ目に琵琶湖がうるむ。死者につながるその水で、みずから歌の俗念を儀式のように清めた。湖の化身のような青の濃い虹には、歌人の生命も映っていただろう。

蛇の死から

ごく私的な体験から話をはじめたい。

この八月、強烈な体験をした。わが家の駐車場で大きな蛇が死に、その死体をわたし一人で片付けねばならない羽目にぶちあたってしまったのである。

駐車場といっても広いわけでなく、普通車一台分を収めるコンクリート・スペースにすぎない。そのコンクリートの上に、ある朝大きな青黒い蛇がとぐろを巻いて横たわっていた。近眼のわたしは、はじめそれが何だかわからなかった。ホースかチューブか、覚えのないものがある。だが、何か少し異様だ。そして、それが蛇だとわかったときの驚愕と恐怖と困惑。田舎育ちのわたしでも、こんなに太々ととぐろを巻いた蛇など、ほとんど見たことがない。

それは、大きなアオダイショウらしかった。人家のコンクリートの上などにじっとしているのだから、弱っていることは間違いない。二巻半ぐらいに身体を丸めて、首を体の上にしずかに乗せている。何とかどこかへ行ってほしいと切望するが、じっと居座って動きそうにもない。どうしてこんな所にいるのか。あるいは蛇にはもう動く体力がないのか。草むらを目指しながらここまでやって来て、ここで力尽きたのか。そう思うと、恐怖のなかで一点の哀れみがはしる。だが実際どうしよう。蛇は全く得意ではない。遠くからシッと威嚇するのみで、近づいて追うことなどできそうもない。まして蛇はかまってはいけないと聞かされている。結局わたしは、そのうち消えてくれることを切望しながらその場を逃げてしまった。だが、そのアオダイショウは、そこでそのまま死んだのである。

折しもその日は旧盆で土曜日。市役所に除去を頼むことは不可能だと、青ざめた頭でわたしは考える。頼むべきわが伴侶は蛇がもっとも苦手で、名前を聞いただけで貧血を起こす体質である。しかもこの暑さ、一刻も早く自分で片付けるしかないとわかってからのわたしのパニック。実は、強烈な体験の中身とはそれからの作業のことなのだが、それをここでことばで再現することは、未だにできそうもない。思い出すにもあまりに怖い必死の作業だったからだ。たかが蛇の死というなかれ。そのときの死体の大きさ、重さ、匂いといった、異形のものと素手で立ち向かったときの身体感と恐怖感は、まざまざとわたしに刻印された。その後一週間ほどわたしは蛇の幻影にとりつかれ、夜が怖かったのである。そしてその間、反射的に思い起こしていたのは、川上弘美の小説『蛇を踏む』であった。あの快楽的なともいえる不可思議な蛇との交流の世界と、自分が体験した恐怖のなまなましさとの違いを考えつづけていたのである。

ミドリ公園に行く途中の藪で、蛇を踏んでしまった。（中略）

蛇は柔らかく、踏んでも踏んでもきりがない感じだった。「踏まれたらおしまいですね」と、そのうちに蛇が言い、それからどろりと溶けて形を失った。煙のような靄のような曖昧なものが少しの間たちこめ、もう一度蛇の声で「おしまいですね」と言ってから人間のかたちが現れた。

『蛇を踏む』の冒頭の部分である。話題になった小説だから覚えている人も多いだろう。川上の小説のなかでは、人間も蛇も、動物も植物も、生物も無生物も、さらには気体や液体や固体といったものまで、その分類の輪郭や境界をいつのまにか溶かし出し、交じり合い、変幻自在に形や役割を交換する。ありとあらゆるものは変換可能であり、わけのわからない奇妙な生き物もやたらと登場し、それらが強い現実感を感じさせるのだ。そして、いかにも心地よさそうなその中間的世界、つまり、分類の枠を溶かし合った恍惚感とおぞましさがたゆたう生命空間に、読者を巻き込んでいくのである。

この小説の「私」に踏まれた蛇は、「私」の母だと名のって「私」の部屋に住みつき、「私」の日常に溶け込んでしまう。そして、夜ごとビールやつまみを作って食べさせては、「蛇の世界は暖かいわよ。蛇の世界へいらっしゃい」と「私」に囁きつづける。だが、この「母」に、いわゆるマザーコンプレックス的な「母」を読むのはおそらく的外れだ。むしろそういう関係性の物語とは全く無縁であるところがこの小説の独自さであって、「蛇」とはここで、人間の意識を負わされた何か、いいかえればわかりやすい寓意でも象徴でもないという方が正確だろう。いわゆる「蛇」にとりつかれた物語といえば、古来よりいくつもある。それと同じ設定とも見えながら、まったく異なる話に仕立てられているのは、何故なのだろうか。

「蛇は柔らかく、踏んでも踏んでもきりがなかった」とある。「柔らかい」という肉感性と「きりのなさ」が、まさにこの小説のエッセンスであり、それゆえそれは作者の深部での無意識や存在感を証すことばでもあるだろう。小説の結末で「私」は「蛇」にからまれながら、二つ巴の水流のようになって空間を巡りつづけるが、その始めも終りもない中間的状態に「きりもなく」ただよう場面は、もはやいかなる物語の枠にもはまらない。結末の失われたそこには、自己という輪郭が溶解し変容しながら、未決定状態のままたゆたう身体感の不気味さと快楽が同居している。わたしがこの小説に魅かれるのは、とりもなおさず、この「私」という枠からはみだした「私」が中間的状態のままにたゆたう、その身体性への深い執着を読み取ったためだといっていい。そしてまた、小説と歌との違いもそこに明らかに見ることにもなった。

たとえばこのような歌を、かつてわたしは作ったことがある。

むくむくと肉体《ししむら》の夢を見てゐしはわれか椿の名はわかひるめ

「われ」とも「椿」ともつかない「夢」のような空間にたゆたう身体感を、ことばで実現したかったといえばいいだろうか。だが、枠からはみ出た自我のふくらみを人に伝えるのはなかなか難しい。歌という形式では、表現されたことがおおむね作者の内面として読まれる。そこに告白性が生まれ、読者の感情移入が知らず知らずのうちに強制される。あえていえば、歌は読者の感情移入があってはじめて成立する形式だといってもいい。「私」をはじめから他者として表現する小説との相違がそこにある。「私」の変容を歌で表現する困難もまたそこにあるだろう。

「私」が「私」の枠を超えてたゆたう快楽は、どうしたら自分のものになるだろうか。たとえば「母」なるものから拒まれるという場面でいえば、あの寂しい、切ないという感情を殺すことから始めなければならないだろう。それは読者の感情移入をあてにして告白するという、歌が意識的・無意識的に採用してきた形の破壊でもあろう。永遠の空間にたゆたう快楽とは、いいかえれば、自我が歴史的、文化的なものによっていかに装われようと、蛇が永遠にあの原始的な姿でいることの狭間を感じつづけることなのかもしれない。

遺伝子が遠くしづかに目を覚ましきみの名を呼ぶ　われは深草　　日高堯子

山百合の記憶

わたしの幼いころ——もう半世紀以上昔になるが、房総の夏の山野には山百合の花がいっぱい咲いていた。そのころ、海辺の村より朝採れの魚を籠で背負ってくる担ぎ屋のおばさんという人たちがいて、ぴかぴかした魚を売りに村に来たのだが、そのおばさんの帰りの籠に、山百合がゆさゆさ揺れていたことなども思い出す。海辺の人のなかに花を欲しがる人がいたのだろう。房総は半島なので、海と山とが近接しており、季節に咲く草花にも大きな違いはないようだが、百合にかんしては、海辺には朱色のスカシユリが多いように思う。海を見下ろす崖の草叢にひときわ鮮やかな朱色の百合。その風景もわたしの目に焼きついている故郷の夏だ。

山百合も、担ぎ屋のおばさんが刈って帰るくらいは何ということもなかったのだが、その後、車が増え、山道にも簡単に車や人が入れるようになると、山百合の花はたちまち激減した。どこかに花を（あるいは根を？）売るためだろう、ごっそりと刈って行ってしまうからだ。商売になることがわかると、野生のものはたいてい消滅してしまう。わたしの周りの夏の山野では、ずいぶん永い間山百合の花が消えていた。

ところが、このごろ農家の人たちが自分の家の周りや、山のふもとに山百合を増やし始めたのである。きれいに草を刈られた傾斜地などで、あちこちに白い花が揺れている。農家の人たちは花好きで、花を咲かせるのも上手い。さすが植物の玄人だなあと喜びながらも、そうした山百合はまだ何となく華奢なようにも感じられる。わたしの経験をいえば、山百合は山野から採ってきて庭に植えても、しだいに花が小さくなり、二、三年経つと消えてしまうことが多いようだ。

わたしにとっての山百合の記憶といえば、丈高く、茎太く、たくさんの花をゆらりとつけ、強烈な匂いをあたりに放つ。花は俯きながらあくまでも大きく、フリルのある花弁は反り返り、そこに黄色の筋と濃い褐色の斑点を散りばめる。ぬれぬれとした雌蕊を真赤な雄蕊がとり囲み、花を刈ろうとする者の手や服を必ず汚す。その存在感は草木というより獣を感じさせるといってもいい。傲然と咲き群れるそんな花のかたわらに坐って、子どものわたしはひとり、どのくらい時間を過ごしたことか。

植物図鑑などによると、山百合は関東地域に多い百合だとある。万葉集の歌になぞらえていえば、山百合の野性的な風情はさながら東歌の印象と言いたいところなのだが、東歌のなかには山百合ばかりか、百合の名のつく歌はない。

夏の野の繁みに咲ける姫百合《ひめゆり》の知らえぬ恋は苦しきものそ　『万葉集』巻八　一五〇〇

この大伴坂上郎女の可憐な片恋の歌にあるのは姫百合である。スカシユリと同じく小ぶりの朱色の花冠を空にむけて咲く。「知らえぬ恋」というものの、鮮やかな朱色の花は遠くからでもよく目立ったことだろう。百合と恋の結びつきといえば、『万葉集』にこんなものもある。

道の辺の草深百合《くさふかゆり》の花咲《ゑみ》に咲《ゑ》まひしからに妻といふべしや　『万葉集』巻七　一二五七

百合の花のようにわたしが笑ったからといって、すぐに妻と思うのはどうかしら、と男の誘いを軽くいなした歌だ。ではこの「草深百合」は朱い百合か白い百合か。中西進の註には、先の大伴坂上郎女の歌の類型とあるので、これも姫百合なのかも知れない。だがわたしの中には、強引にでも山百合ととりたい思いが湧く。それはおそらく、わたしが幼児期を過ごした山野の風景と関係があるのだろう。山百合は、わたしにとってごく親しい花、いわば夏の体感に結びついた花なのである。

ここで『万葉集』から一気にとぶが、山百合の歌というと前登志夫を思い出す。前の歌に山百合の花があらわれるのは第六歌集『青童子』以降である。

ゆうらりとわれをまねける山百合の夜半の花粉に貌塗《かほぬ》りつぶす　『青童子』
山百合の花粉にまみれし腕《かひな》もて夏の巖《いはほ》を押してみるかな　『流轉』

カミのゐる場所をかぞへてねむりなむ山百合の香に山家《さんか》ただよふ
銀漢の闇にひらける山百合のかたはら過ぎてつひに山人　『鳥總立』

前登志夫のエッセイ集『羽化堂から』の中に「山百合のかたわらで」と題した文章があるので、それを少し読んでみる。

山家の庭に一本の山百合が生えている。ことしも蕾を十数個付けている。すでに重いのだろう、撓っている。毎年、杖を添えてやる。あと二、三日もすれば花ひらくだろう。昔は山家の前方の土手にも、背後の斜面にもたくさん咲いていた。山上参りの登山者がこっそりと山百合の根株を盗掘したりした。草むらに芽生えた野生のものなので、心なき人たちに荒らされることがあった。

山百合は、ここでも盗掘の被害にあったらしい。歌人の住む山野では、人間のほかにも猪や鹿が出没し、年ごとに多くの根を食べられてしまったとも書かれている。それを惜しんだ歌人は、「大きな百合の根株を掘り出し、象牙のようなつややかな百合の鱗茎を採取し、中心の部分は丁寧に土に埋めておくのであったが、その山住みの風味は猪に奪われてしまった」と書いていた。やはり庭に移すと、山百合の野性味はいささか消えるようである。

ここに引いた歌の中の山百合は、いずれも野生の匂いが強い。庭に咲いたものでなく、山野で出合った花の記憶なのだろう。歌人はその強烈な野生の花の放つ匂いに感応する。「ゆうらりとわれをまねける」山百合の花筒に近々と貌をさしこみ、花粉にまみれるのである。その姿は、さながら野生のエロスを吸いこんで生命の炎を掻きたてる原始的な行為とも見える。あるいは古代の祭祀の演技的な一場面をわたしは思ったりする。

次の歌の「夏の巖を押してみる」という「腕」も「山百合の花粉にまみれ」ている。ここには『古事記』の中にある生尾人「石押分之子」のイメージが重ねられているのだろう。それ以上のことが歌われているわけではないが、ともあれ、山百合は歌人にとって「カミ」や「山人」への入口であるようだ。「銀漢の闇にひらける山百合」とはかぎりなく美しいイメージだが、その道は宇宙へとつながるのだろうか。山百合は、「ゆうらりとわれをまねける」魔の花であるようだ。

老の歌のつよさ、自在さ、ユーモア

わたしの父が八十歳を二つ三つ過ぎた頃、家を訪れてきた中年の男性から「翁」と称され、そのことばに少なからぬショックを受けていたことを覚えている。むろんその男性は、敬意もふくんでそういったのだろう。山里の古びた家から出てきた老父に、高砂の翁をみたような気になったのかもしれない。八十歳過ぎの老人が翁と呼ばれても変ではないと、娘のわたしも思ったのだが。

父と母はその時、そして九十歳を過ぎた現在も、二人だけで暮らしている。自分の親たちと暮らした歳月はあっても、子の家族と同居したことはない。この形はわが家族ばかりでなく、現在の日本に急速に増えているようだ。核家族の結果としての、老人だけの二人暮らし、一人暮らしである。

つまりわたしの父は、いってみれば生涯世帯主であって、隠居ができない。家督を譲り、社会への責任がなくなり、孫と縁側で日向ぼっこをするというような老年生活とはいささか縁遠い。だがその代わりに、七十歳くらいの自己意識をいつまでも引きずっていられるようだ。年齢とともに体力、知力、気力の衰えは十分自覚しながらも、生活の上で自立できている限りでは、外部から老の形を強制されることが少ない。老を忘れてもいられる。翁ということばに父が愕然としたのは、そういう心境でいたときに、ふいに外部の視線でもって自分の老の姿をあらためさせられた、ということではなかったか。

身体の老と心の老との速度は同じではない。現代は、たとえば隠居というような定型的な老の思想や身振りから自由になった反面、長寿時代を反映した長い、そして意外に孤独で苛酷な老の歳月を、いいかえれば型のない老の身体と心とを、それぞれが自分で抱えて生きなくてはならなくなったようだ。そんな時代の老の身体や心模様を、いくつかの歌の上から見てみたい。

ゆくりなく出でこし写真に逝きし人・呆けし友、つづまりは吾《あ》の老を見る　富小路禎子

富小路の死後に出版された歌集『芥子と孔雀』（二〇〇二年）の一首。この歌集には作者の七十代の老が、自然の変容の一つのように淡々とみつめられている。

歌のなかの作者は机辺の整理でもしていたのだろう、一枚の昔の写真がふと目に止まる。いつの写真だろう、ああ、あの時だ、などと思う。この作者ならずとも日常によくある場面だ。写真のなかの自分、そして友や仲間たち、みな若いなあと懐かしむ。だが、そのあたりから感情の方向がゆっくりと変わる。写真のなかの何人かはすでに死んだり、呆けてしまったことに思い至るからだ。同時に、作者は自身の老をまざまざと実感する。その時のざらりとした心情

が結句ににじむ。写真が知らしめる自らの老。老はまず外部から襲いくるのかもしれない。「呆け」ということばにも、現代の老の形がある。

噫して落ちたる入歯ひろひ持つ淋しとも何とも言ひやうの無く　清水房雄

老の生の現実が強烈に迫ってくるこの歌は、『獨孤意尚吟』（二〇〇三年）に収められた一首。一読して忘れがたい迫力がある。

だいたい、噫をすると入歯が落ちることなど、自分の歯があるうちには想像ができない。老いて歯茎が痩せたために入歯が少しがたついていたのだろうか。落ちた入歯をあわてて拾い持ったが、そのときの感情は、とうてい「淋し」などという通りいっぺんのことばでは納まらないという。身体においても、感情においても、日々あらたに体験する老という現実、実態。いわば老の凄さの現場報告として、この歌はわたし自身の未来を愕然と知らしめる。歌の伝える殺伐とした感慨には、諧謔よりももっと混沌と奥深い哀しみが潜むようだ。

耳順《じじゅん》もう遥かの日なり聞くことに順ひをれど聞えぬ言葉　武川忠一

耳順とは六十歳の意。論語にあることばで、六十歳とは耳から入った道理が直ちに、素直に理解できる年齢ということである。論語の頃の六十歳は、ほとんど人生の終末を意味していただろう。その耳順の年齢も遥かに越え、耳順の教えを心に置いて暮らしているのに、肝心の耳がだめになってしまったという。聴覚の衰えという身体の老いの感慨が、しみじみと、しかしユーモアの軽さをふくんで伝わってくるところがいい。そこには自分自身への諧謔とともに、論語にたいする諧謔も潜んでいるのかもしれない。『短歌』二〇〇六年八月号の一首。

真夜覚めて元気朝起きまた元気朝食ののちこころ萎えゆく　岩田　正

老の身体と心とのかかわりが、ここにもユーモアと諧謔をまじえて歌われている。「元気」「元気」と歯切れよいリズム感が心地よいこの一首、あたかも自身の身体に気合を掛けているようだ。こんなに小刻みに確かめなくてはならない「元気」さは、何か怪しいと思わせるおかしさがある。案の定、朝食後にはもう「こころ萎え」てしまう。心の萎えは、すなわち身体の萎え。老齢になると、いよいよそれが顕著になり、元気と萎えの周期も短くなる。それゆえ作者は、日に幾度も気合を掛けるのだ。「元気」というおまじないを。この作者の気合には優しさがある。『視野よぎる』（二〇〇二年）の一首。

老い老いて明日あることの不思議なり眠りて起きて医者に行くだけ　宮　英子

老に病はつきものだが、端的といえばこれほど端的な嘆きもないだろう。病中の日々を単純化した、ストレートなことばの強さと面白さ。「眠りて起きて医者に行くだけ」と、自分の老いの状況にたいする納得しがたさ、嘆き、憤懣などが、呪詛のように投げ出されている。むろん諧謔があるが、この諧謔には明るさや甘やかさも潜んでいるようだ。この一首をふくむ『西域更紗』(二〇〇四年)には、老と病の日常が率直に歌われているが、そこにはむしろ自由で不敵な不老の魂があふれているといってもいい。「老を意識しない老こそナンセンスなのだ」という作者自身の言葉もある。

星よまたたけ八十年かかってもまだ背中を見たことがない　宮崎信義
無に帰するゆゑ美しき生ならめ両の腕添ふからだまだ在る　浜田蝶二郎

どちらも人間存在の謎を、宇宙的な視野のなかで照らし出そうとする歌である。宮崎の歌は『地に長く』(一九九二年)所収のもので、八十歳の時の作品。浜田の一首は『からだまだ在る』(一九九七年)から。刊行時、七十八歳である。

これらの歌には老の感慨が直接に歌われているわけではない。だが、八十歳の身体感と思索をかけた存在論というべきものが共通してある。人は自分という存在を理性で納得して死にたいと思う生き物なのだろう。「星よまたたけ」「無に帰するゆゑ美しき」と、二人の視線は宇宙的に広がっていく。壮大な浪漫といっていい。宇宙という無限空間を一身に引き入れながら虚無に陥らないのは、おそらく背中や腕などという身体のぬくもりのためなのだろう。「からだまだ在る」ととぼけた表情をとりながら、身体こそ宇宙の謎の中心といっているようだ。

髪黒く染めずなりたる頃よりか秋の風景に溶けはじめたる　　斎藤　史

『風翩翻』（二〇〇〇年）の一首。一つ前の歌集『秋天瑠璃』（一九九三年）の〈疲労つもりて引出ししヘルペスなりといふ八十年生きれば　そりやぁあなた〉というような歌で、老の歌の境地を切り開いた作者だが、『風翩翻』の老の歌はそれよりずっと静的である。それゆえ一層しみじみと心にしみる。白髪は自然に近いということだろうか。季節でいえば秋か冬。自分という存在もいつもよりか秋の風景に溶けはじめたと作者はいう。寂しい老の感慨だが、この自然との一体感は、老の心の景色として納得しやすく、慰藉も大きい。草木成仏の思想ともつながっている古典的な心の景色といえるだろう。

散つて散つて風の山茶花かの庭にみればおばあさんひとり残れり　　馬場あき子

この歌の景色は山茶花とおばあさんである。季節はやはり晩秋か初冬。老の季節だ。この一首、「散つて散つて風の山茶花かの庭に」と、言葉や音がくりかえされる韻律の心地よさにまず魅了される。一度聞くと耳が覚えてしまうのだ。その調子のノリで、下の句の「おばあさん」もすんなり山茶花の庭に受け入れてしまう。あたかも上の句の情景の一部のようにである。老の〈風景化〉がここにある。つまり、老も、いってみれば風景の一つにすぎないという軽妙さが、この一首をユニークなものにしているのだ。『世紀』（二〇〇一年）の一首。

さくらさくら二度のわらしとなりゆくや春やまかぜに吹かれふかれて　　前登志夫

現実的な老の境地や感慨を超えるような、創造的な老の世界はないのだろうか。「老い」は「生い」にも通じ、結実や力や自由などという肯定的な意味ももっているはずだ。わたしのそんな思いに、たとえばこのような歌が光りはじめる。『鳥總立』（二〇〇三年）所収の一首。「二度のわらし」とはいわゆる呆け老人のこと。だがこの歌の二度わらしには、自然と戯れる無心の魂といったイメージがある。さらにいえば、歌には老人（翁）と童子とさくらが一つになった物語の時空が隠されているだろう。桃源郷めいた雰囲気を感じさせるのはそのためだ。かぎりなく透明な、自在な老の世界、自然と溶けあう老の理想の時空がここにつくられている。

うつしみの手――上田三四二

あらくさの穂に手触れつつゆく道のうつしみの手は穂に温かし　　『鎮守』

清瀬の駅を降りると冬の灰白の空がひろがっていた。線路に沿ってこまこまと並んでいる商店街を抜けると、だが、とたんに景色があらたまる。清瀬は病院の街である。レンガの壁の美しい複十字病院、国立小児病院、看護大学、救世軍病院など、道路の両側につづく建物はいずれもひろい敷地をもち、欅や桜や松など大きな樹木がうっそうと生い繁り、時間の堆積のなかに静寂と威厳を沈ませている。そしてその奥に国立療養所東京病院はあった。

東京病院は近年建て替えたのだろう。これは超現代的な巨大病院といってよく、明るい清潔感と信頼感に充ちて輝いている。広大な敷地は風通しよく開放され、駐車場がひろがり、タクシーやバスも止まっている。おそらく閉塞感のある塀を取りはらい、多くの樹木を伐りはらったのだろう。院内の一郭には、わずかに雑木林が残され、冬の淡い光が降りそそいでいる。その景色を見上げながらわたしは武蔵野のおもかげを思っていた。ここはかつて、森のような樹々につつまれた結核療養所でもあった。上田三四二はここに十数年勤務していた。

上田がいた頃の東京病院はまだ古い建物だったろう。彼の風貌には、超現代的に成った高層の東京病院よりも、古めいた病院の雰囲気の方が似つかわしい。上田自身も武蔵野のおもかげの残るこの辺りの空気を好んだのだろう。住まいを東京病院に真近い清瀬市梅園（もと清瀬町野塩）に構えている。彼に歌われた多くの樹や草花は、この界隈に生い、繁り、咲いていたものたちに違いない。そう思いながらわたしは景色のなかをしばらく歩いた。そうしてひそかに彼の住まいに近づくと、上田三四二という表札がまだ静かに掛かっていた。

清瀬の冬の光のなかを歩きながら、上田三四二の歌にあるもの——死、病、身体、静寂、祈り、樹木、花など、ほとんどのものがここにあるとわたしは感じていた。

うつしみは香をともなふと思ふときかなしきまでにちかし処女は　『雉』
おぼろ夜とわれはおもひきあたたかきうつしみ抱けばうつしみの香や　『湧井』
うつしみのにごりは眸《まみ》にあらはれてこの文字おぼろかの顔おぼろ　『照徑』
みめぐみは蜜濃《こま》やかにうつしみに藍ふかき空ゆしたたるひかり
あらくさの穂に手触れつつゆく道のうつしみの手は穂に温かし
照射まつ午後ながきときうつしみは此岸浄土の円光にゐよ　『鎮守』

上田三四二の歌の世界というと、わたしはすぐに「うつしみ」ということばをおもいだす。周知のように、彼には『うつしみ　この内なる自然』という評論がある。平林たい子賞を受賞したこの評論は、五十六歳の時の出版。歌集でいえば迢空賞を受賞した『湧井』出版の後にあたる。彼が死に至る病を告知されたのは、これよりずっと早い四十三歳の時であった。

こうして歌を並べてみると、上田にとっての「うつしみ」とは単純な身体を超えた生命のエロスというニュアンスに近いようだ。官能的な歌でありながら魂の浄化を感じるのはそのためだろう。とくに二首目のような深々と息づくエロスはこの歌人の独特のものといっていい。「うつしみ抱けばうつしみの香や」という匂いやかな女性性把握は、晩年の「悲母」という聖なるエロスにまでつながっていく。

これら「うつしみの香」の歌を読みながら、わたしはさらに上田のあの桜の歌を思い浮かべる。

ちる花はかずかぎりなしことごとく光をひきて谷にゆくかも　『湧井』

この歌に、散ることの、つまり死のエロスを感じるためだろう。そこには「うつしみ」と同様の、死の側から照らした生の官能があり、静かな、それゆえに激しい内燃の火がある。

さて、冒頭にあげた一首は、最後の歌集『鎮守』のもの。下句の「うつしみの手は穂に温かし」ということばに胸を打たれる歌である。すでに病に重く犯されている作者の手は、この時おそらく生の温みから遠いものであっただろう。だが、それがあらくさの穂に触れることによって、わずかに温もったというのではないだろうか。あらくさの穂とうつしみの手との微かな、極限の交流が、寂光をはなっている一首であろう。

馬のうた、いろいろ

馬の歌、これはいざ拾いはじめると、収拾がつかないほどさまざまあることを今回知ることになった。そのなかでも馬の歌といえば、わたしがまっさきに思い浮かべるのは、やはりこの歌である。

馬を洗はば馬のたましひ冱ゆるまで人戀はば人あやむるこころ　『感幻樂』塚本邦雄

対句的構成の均整のとれたこの一首は、塚本の歌のなかでももっとも愛唱されるものの一つだろう。初句七音ではじまる歌謡調の歯切れのよい律は、読む者の心を鮮やかに惹きつける。そして、人を恋するなら、人を殺さずにはおかないほどの深い心でせよ、と唆すのである。では「馬のたましひ冱ゆるまで」と、体を磨かれているこの「馬」はどんな馬なのだろう。恋と対応するには、たくましい農耕馬よりも、やはり競走馬や軍馬がふさわしい。

だが、それにしても何故「馬」なのか。牛や犬ではいけないのか。おそらくここに、日本人にとっての馬との深い交流の歴史が横たわっているのだろう。馬はしばしば霊的神秘性をもつ獣として、つまり「たましひ」をもつ獣として認知され、人と交わってきたことをこの歌は明かしてもいるのだろう。あるときには性的にも。

馬の首に乗り飛び去りしをみなごよ空の上には何があるのか　『流轉』前　登志夫

馬頭《うまがしら》、姫頭なるおしら様の忘らるる時間こののちも続く　『エクウス』梅内美華子

白馬《あをむま》はかげりくる陽に肌冷えて風立てば耳おどろきやすし　『抱擁韻』大辻隆弘

大けやき色づきそむる武蔵野の地《つち》蹴りて駆けよ流鏑馬の庭　『画布』藤井常世

前と梅内の歌は、柳田國男の『遠野物語』に語られた馬と娘との異類婚を題材にしている。民俗的な伝承の中で、人と馬との異類婚がひときわリアルに語られてきたのは、馬の世話を嫁や娘など女が引き受けてきたという背景があるからだという。二人の歌にあるように、馬とともに飛び立った娘の伝説は、やがておしら様信仰となり、養蚕の神にまでつながっていく。大辻の歌は太宰府天満宮でのもの。藤井の歌の流鏑馬の儀式をはじめとして、馬は神馬として神事に関わってきた長い歴史をもっている。

塚本邦雄の「馬のたましひ」という言葉に引きよせられたところで、わたしはさらにこの歌を思い出す。

脚折れし馬は殺すとふ　殺さるる馬のたましひの立ちてゐるにも　『黛樹』森岡貞香

この馬はおそらく競走馬、サラブレッドであろう。走ることが存在意義であるサラブレッドにとって、走れなくなることはすなわち死＝殺を意味する。横たわった馬はすでに馬ではないからだ。それゆえに「馬のたましひ」は宿命的に「立」とうとするのである。哀切な歌である。

千七百六十四年四月一日名馬日蝕《イクリプス》英吉利に生《あ》る　『をがたま』葛原妙子

一本の矢たらん願い充実しサラブレッドが青葉に刺さる　『夏の鏡』佐佐木幸綱

勝ち馬も負けたる馬もさびさびと喧噪のなかにからだ光らす　『黙唱』杜沢光一郎

駈け抜けし馬の肋《あばら》のあらはなる一瞬はやる息を思ひぬ　『紺紙金泥』蒔田さくら子

鼻の差に敗れたる馬いつまでも夕映えのなか戻りきたらず　『怪鳥の尾』小高　賢

つづいて競馬馬の歌をいくつか引いた。競馬といえば寺山修司がすぐ思い浮かぶが、現在多くの人にとって、馬に簡単に近づける場所のひとつは競馬場であろう。葛原の歌の伝説的「名馬日蝕」は、塚本邦雄の解説によると、生まれた日の日蝕にちなんで命名されたものとされているが、じつはこの日イギリス本土に日蝕はなかったのだという。これらの歌の中のサラブレッドは、いずれもその背に人間の憧れや人生の悲哀を色濃く負いながら疾駆しているようだ。

ところで、近代において、馬が背負わされてきたのは、まず農耕馬と軍馬というイメージであろう。少なくとも戦前まではそうであった。現在は、そのような農耕や運搬のために働く馬や、軍馬としての姿は、日常からほとんど無くなってしまったが、そのイメージの感触だけは、日本人の身体の中に記憶として残っているようだ。

しんしんと雪《ゆき》ふるなかにたたずめる馬《うま》の眼《まなこ》はまたたきにけり　『あらたま』斎藤茂吉
牛と馬そうてかえれる田園のゆうべ夫婦《めおと》のごとしうつくし　『少年伝』下村光男
喉ならしバケツの水を飲む馬のながき睫《まつげ》にやすらぎてをり　『夢のつづき』時田則雄
荷をひきて港につきし馬の目の動かず海に向けられており　『久露』玉井清弘
引ききたる橇のかたはら熱放ち馬がしづかに雪を食みゐる　『雨の葛籠』久我田鶴子
なだれ咲く小菊のかげにいつの世の馬頭観音死にて居給ふ　『しろがねの笙』稲葉京子
しもつけの五十畑《いそはた》村を立ちゆきし百年過去の馬とひとびと　『時のめぐりに』小池　光

斎藤茂吉の歌はやや古いが、馬へのこの親愛の情にはやはり「農」の血が濃くあるだろう。

そしてまた、寄り添って田園を帰る牛と馬や、喉を鳴らしてバケツの水を飲む馬、港まで荷をひいてきて海をみつめる馬、体から湯気をたてながら雪を食べる馬橇の馬など、それらを見つめる歌人たちも、茂吉と同じように馬に対する親愛や慰藉を強く感じているようだ。人と馬とが体を接して生きることの優しさと安堵感が、郷愁のように歌われている。稲葉の歌う「小菊のかげ」にある「馬頭観音」のいとしさも、消えていく生の記憶へのいとしさといってもいいのだろう。

稲葉の歌の中に長い時間の堆積があるとすれば、小池の歌は「百年の過去」の時間を振り返る。戦争のために農耕馬が軍馬として、そして農民が兵士として徴用されていった過去の出来事が歌われているだろう。この「馬とひとびと」は故郷「五十畑村」に帰ってきたのだろうか。おそらく帰ってきてはいまい。それにしても「五十畑村」とはいかにも寒村を思わせる名だ。

もともといくさの道具であった馬は、あのトロイの馬でも知られるように、どこか遊戯的なイメージをもっている。サーカスには曲馬団があり、遊園地にはメリーゴーランドがある。また観光地の客を乗せて走る馬車など、そこには傷ついた軍馬や老いた馬の第二の人生（？）の姿もあるようだ。競走馬や軍馬から回転木馬まで、人と馬の歴史はまことに長くて深い。こんな木馬の歌を引いておく。

春の日の回転木馬めぐりつつ地を離るればこゑごゑやさし　『水祭りの桟橋』辺見じゅん

子はメリーゴーランドにきて怯《おび》ゆ何という赤き貌《かお》か木馬の　『星気流』石本隆一

揺れながら前へ進まず子育てはおまえがくれた木馬の時間　『プーさんの鼻』俵　万智

農耕馬や軍馬などという具体的な姿が無くなるとともに、馬に背負わされるイメージも変わってくる。物や人を運ぶ代わりに馬は象徴や幻想や、夢や悪夢までを背にして運ぶ。

奔馬ひとつ冬のかすみの奥に消ゆわれのみが累々と子をもてりけり　『橙黄』葛原妙子

しゆわしゆわと馬が尾をふる馬として在る寂しさに耐ふる如くに　『黙唱』杜沢光一郎

海べりの馬小屋に馬は眺めゐつ海原に棲む青きひかりを　『雨月』高野公彦

馬の息集めしような月光に夜の半球もわれもふくらむ　『若月祭』梅内美華子

馬耳、馬齢、馬食に馬脚、馬の骨　すべて人間の都合に属し
『小さなヴァイオリンが欲しくて』永井陽子

葛原の「奔馬」は、幻への憧れとともに、その悲哀と幻滅をも背負っているようだ。また杜沢の歌では「しゆわしゆわ」という音によって、生きて存在するものに目が注がれ、高野や梅内の歌では、「馬」が現代の新しい自然や身体のイメージを呼び起こしている。さらに永井の

歌は、人と馬とを「都合」よく結びつける人間を、端的に浮かび上がらせているが、次に引く野生馬の歌では、そうした人間たちが見つめ返されているだろう。

納沙布《のさつぷ》の雪原にゐる放牧のたづななき馬は脚《あし》太くみゆ　『冬木』佐藤佐太郎

野生馬は岬山《さきやま》の草を音たててむしり食みつつ人見ざるなり　『青椿抄』馬場あき子

全身を樹氷となしてきらめけば眼をあげよわが寒立馬　『寒立馬』平林静代

母の名は茜、子の名は雲なりき丘をしづかに下《くだ》る野生馬　『海号の歌』伊藤一彦

最後の伊藤一彦の歌には、人と馬の関係に遥かな宇宙の光があらたに射しているといえるだろう。

それぞれの来歴――二〇二一年の歌壇

二〇二一年は、コロナ禍の中で歌人たちの来歴がさまざまなかたちを見せて振り返られた年である。

その一つ、俵万智の第六歌集『未来のサイズ』（角川書店）が、第五十五回の迢空賞を受賞した。収録されたのは、二〇一三年から二〇二〇年までの四一八首。あとがきでも記されているように、この間の「個人史」としていえば、沖縄の石垣島から、宮崎への移住があり、子育てを経て息子を男子寮に入れるなどの生活があったという。そうした来歴は、「子を産みて仙台・石垣・宮崎と慌ただしかり我の十年」という一首に端的にあらわれている。

歌集には、その「十年」の暮らしがそれぞれの場所の輝きをもって浮かびあがるとともに、それをふまえての「未来」をも見据えようとする意志が巧みに構成されている。

ティラノサウルスの子どもみたいなゴーヤーがご近所さんの畑から来る
次に来るときは旅人　サトウキビ積み過ぎている車追い越す
制服は未来のサイズ入学のどの子もどの子も未来着ている

そしてそのあいだに、大韓民国の大型客船セウォル号の沈没という、子らを危険な船に乗せた事件への激烈な怒りの連作があり、やがて「いいね」「倍返し」「今でしょ」「就活」など、平成の新語・流行語をふんだんに取り入れた連作もあって、俵万智の歌の魅力が、「人生」と「瞬間」の息づかいを同時に味わう重層性にあることに気づかされる。

もちろん、そのなかで、ふいに「日常」が失われた二〇二〇年のコロナ禍襲来が、歌集の冒頭に配されていたのである。

布マスク縫う日が我にも訪れてお寿司の柄を子は喜べり
感染者二桁に減り良いほうのニュースにカウントされる人たち
第二波の予感の中に暮らせどもサーフボードを持たぬ人類

この構成は、コロナウイルスによって、人と人との直接的な会話や往来が制限されることになった現実の向うに、人と人との濃密な接触、とりわけ母と子が向き合う関係の濃密さが、逆に浮かび上がるという配置でもあろう。

高野公彦の最新歌集『水の自画像』（短歌研究社）にも、平成から令和へという時代の移りのなかで、コロナ禍に遭遇した人間たちに注がれる文脈がみえている。

金蠅も銀蠅もゐぬ巨大都市ヒト、ヒト、ヒトが時の疫《え》運ぶ

コロナ禍の或る日おもへりにんげんは話し相手が無ければ　海鼠

源氏星、平家星ある大宇宙の隅にひそけしコロナ禍の星

現代に生きる者たちが、ときにはるかな時空へまなざしを向けつつあるなかで、地球という星に「疫」が現れる。「ヒト」あるいは「にんげん」の存在が再認され、彼らが生きる「星」の運命がみつめなおされている。「巨大都市」と「大宇宙の隅」ということばでも分かるように、知らず知らずのうちに大きく広がってしまったわれわれの生の場所を、あらためて問い直すかのような黙示性に満ちた歌である。

さらに、佐伯裕子が「今日の居場所」二十首で第五十七回短歌研究賞を受賞した。選考委員の誰もがいうように、二十首全体がコロナ禍で占められていることが特徴である。

白いマスクの膨らんでいるコンコース、洞窟の眼やら湖の眼やら

うっすらと静かで遠い邂逅は笑い合うさえ罪のごとくに

むめむめと蝦蟇まで出でてくるコロナ自粛の夜夜の祝祭

ことばは、伝播し、感染しやすい媒体物の一つであるが、そのなかで佐伯裕子のうたことばは、さまざまな生き物がひそむ気配とともに、人々が「居場所」をもとめては深く沈思したまなざしを注ぐ日常が、佐伯ならではのことばの選択・配置によって蘇る一連となっている。コロナ時代の記憶を想起する際、かならず振りかえられることになるだろう。

現代歌人協会から刊行された『二〇二〇年コロナ禍歌集』は、刊行は二〇二一年五月であるが、コロナウイルスに翻弄された一年をうたった四八三首が収録されている。もちろん、コロナ禍の全体像がまだみえないうちの歌作である。

それにつづく二〇二一年は、俵万智がうたった「第二波の予感」から、じつに迅速に「第五波」を迎えている。予想以上の変異株が猛威を振るい、老人施設の集団感染、介護・医療現場の逼迫、重症化のリスクの高い高齢者へのワクチン接種など、事態は刻々と移り、葬送をめぐる痛切なルポルタージュから、政府の無策を撃つ特異なフィクションまで、さまざまな表現が浮上する。したがって、ひきつづきコロナ禍をめぐる歌作が多く誌上にみえる。その一端を、総合誌を中心にみておきたい。

われとわが手指怖るる疫《えやみ》をば死をば齎《もたら》すおぞまし手指
新《にひ》コロナウヰルス殖えつつ笑《ゑ》らぎつつこすりあふ手のめぐり飛び交ふ
高橋睦郎

全世界のしんがたコロナの死者数のおれせんぐらふのみぎかたあがり　佐佐木幸綱
おれせんぐらふのゆくえをよむも死者数一九八万は「もう」か「まだ」なのか
うつすらと風邪気味の寒さ背に兆し梅咲いてをりコロナ緊迫　馬場あき子
緊急事態宣言出でて多摩川に難民のごと座る釣りびと
感染力を強く重症化はさせぬやうどのウイルスも努力してます　永田和宏
ずり落ちるマスク頻りにずり上げて説く専門家　落ち着け落ち着け　香川ヒサ
神が手を滑らせたのか人が手を滑らせたのか　病毒零れた
ウィルスが侵入してくる　人間の身体《からだ》自然へ開かれてゐて
マスクして野川に浸る子どもたち宇宙船からひととき降りて　梅内美華子
居酒屋に行列できぬコロナ前を越えるなにかが人から溢れ
あれやこれや防ぐ対策異なれり飛ぶミサイルと漂ふ菌と　内藤　明
コロナ後が来ること恐れてゐるやうな人の話をしばし楽しむ
すきとほる鰈届きぬ山陰の海よりコロナ禍の東京へ　栗木京子
明け方にGoToをせし木々なるや銅貨のやうな葉の散りやまず
マスクして顔がわからぬ人となりやがて身体もわからなくなる　江戸　雪
顔は人、人は顔、でも顔はもうあきらめマスクしてバンクシー展

コロナ禍に手放してゆく交際のひとつ惜しまずしら萩の風　米川千嘉子

わが母と幼馴染のおばあさんマスクしてまんぢゆうのごとくくつつく

悪疫のおほへるといふこの春は獣《けもの》の園《その》もいたくしづけし　阿木津　英

政策による見殺しを手のひらに画面をひらき知るのみわれら

ウイルスを怖れてながく逢はざれば遥けくなりぬ首都のひとらの

英国型インド型など出で来たり英国インド混合型などといふも現はる　大辻隆弘

　こうしたなかで目を引いたのは、『短歌往来』八月号の特集「世界の新型コロナを詠む」である。英米仏からアフリカ、カナダ、ブラジル、台湾などに在住の歌人たちの、それぞれのコロナ事情を読むことができる。

防毒マスクを被り街ゆく人を見き都市封鎖《ロックダウン》が発令されて　イギリス・渡辺幸一

身に鎧をつけたる武将のここちなり抗体を得てセーヌ河畔へ　フランス・美帆シボ

シノファームは信用ならぬ草煎じ発汗すべしと博士は言えり　アフリカ・野口修二

パンデミックを知るや野うさぎ光浴び四肢を伸ばして庭にくつろぐ　カナダ・ブラント弥生

バスを降りろと罵られたる邦人が小記事に載る我にあらねど　フランス・工藤貴響

集団免疫希みし大統領解離政策とらず死者47万人　ブラジル・小濃芳子

日本より贈られ来たるワクチンと胸熱くしてテレビ見てをり　台湾・三宅教子

まさにコロナが世界をつないでいる感がある。

＊

白秋、茂吉、文明、迢空ら二十余名の歌人たちの戦時詠のほか、学徒出陣と勤労動員の歌、戦地詠、抑留詠、獄中詠、そして「大東亜戦争」の開戦詠など、昭和十年代の歌壇と「戦争」とのかかわりを捉えた篠弘の大著『戦争と歌人たち　ここにも抵抗があった』（本阿弥書店）の刊行は昨年（二〇二〇年）のことであった。「他ジャンルに先駆けて、戦争がもつ悲惨さを表現しうる最強の砦になって欲しい」という、大著の末尾に記された思いがずっしりと胸に沁みる史論集であった。

その著者へのインタビューが、『短歌研究』六月号からはじまった。ここでは、大著に書かなかった窪田空穂の次男の出征にからまるエピソードや、うやむやになった「戦争責任」のこと、始めて取り上げた迢空の養子折口春洋の「兵と別る」一連の歌などのことが、あらためて語られている。

いわゆる「戦争」の時代を生きた歌人を検証するために、雑誌の初出にこだわったという記述への思いはむろんのこと、戦時詠が戦後の歌集から省かれていく経緯や、正面からの戦争批判の困難さが「人間」的な理解からされる必要があること、そして戦中から戦後に至っての「まひる野」創刊に向かう自身のことなど、あらためて著者の肉声を聞く思いがする。

この篠弘へのインタビューと並んで、同誌上には、吉川宏志「1970年代短歌史」の連載がはじまり、まずその「前史」が記されている。なぜ短歌史なのかという問いを発しつつ、前衛短歌批判と大学闘争、さらには全共闘運動へとたどられていく。その記述に際しては、それにかかわった歌人たちの発言がゴチックで引用されていることによって、彼らの「声」と吉川の「文」とを輻湊的に読むことができ、これもまた短歌史それ自体の来歴となっているともいえるだろう。

戦中・戦後へ、そして一九七〇年代へと、短歌の来歴を追う読者が、つづけて眼にするのは、『短歌』八月号の大特集「1964」である。いうまでもなく一九六四年とは、新幹線が開業し、東京オリンピックが開催された年である。「プレイバック1964」には、そのほかに、BG（ビジネス・ガール）からOL（オフィス・レディー）への言葉の変更、ミロのビーナス展、新潟地震などが振りかえられているが、むろん短歌の世界では、「現代短歌シンポジウム」

と「フェステバル律」が開かれた年である。前衛短歌をめぐる新たな提言をはじめ、短歌の可能性を広げるために馬場あき子らが参加したいわゆる「主題制作」などが呼び起こされている。多くの歌人が、その回顧とともに、当時の歌が次々と鑑賞に付されている。これも短歌史の来歴を語る光景のひとつであろう。

それら短歌史の来歴にさらに加えられるのは、穂村弘の一九九〇年のデビュー作『シンジケート』の新装版が刊行（講談社）されたという話題である。三十一年目の装いということになる。刊行当時、朝日新聞の時評欄で高橋源一郎が、「俵万智が三百万部売れたのなら、この歌集は三億部売れてもおかしくないけれど…」といったというエピソードも交えて、穂村の『シンジケート』を読んで短歌をつくり始めたという興奮の再現や、逆に彼の歌の意義がよく分からなかったなどの回想が、重ね重ね披瀝されている。

一九八七年刊行の『サラダ記念日』の歌人と、『シンジケート』の歌人とが重ね合わせられてもいるこの光景は、まるで回顧と展望が一緒に起こったようなめまいすら覚える。まさしく二〇二一年は、コロナの危機感の中で、歌びとたちのそれぞれの来歴が浮かび上がった年といえるだろう。

あとがき

『小さい葛籠――歌・ことば・風景』はわたしの三番目のエッセイ集にあたります。ここ二十年の間に書いた文章の中からいくつかを選び、全体を四章に構成をして一冊としました。

第一章は、師である馬場あき子に関するもの。ここに、わたしの二番目のエッセイ集『黒髪考、そして女歌のために』（一九九九年刊）に収めた馬場あき子論の、その後につづく論考を収めてあります。ただし「古典評論の位置」一篇のみは、『黒髪考、そして女歌のために』にも収載したものですが、わたしにとって愛着の深い文章なので、加筆してこのエッセイ集にも収めました。

第二章は、わたしの論考のもう一つの柱である前登志夫に関するもの。一九九二年に出版した『山上のコスモロジー――前登志夫論』以後の文章になります。

第三章には「歌の葛籠」とタイトルをつけて、「かりん」をはじめ総合誌や結社誌に発表した文章の中から歌人論、歌集論のいくつかを選び、ほぼ時代順に並べました。対象とした歌人の時代も広範囲であり、捉え方もさまざまですが、大きく括れば、「自然・風景」をテーマとした文章を選んであります。

第四章は、「折々の歌」と名づけたエッセイです。私的な日常風景や回想の中での歌や歌人にかかわる文章を集めています。折々の歌ということから、二〇二一年の歌壇展望を章の最後に収めました。

いま、ここに集めた文章を振り返ってみて、自分の思考やことば、ひいては歌が、おおよそ自然や風景への感応からもたらされたことをあらためて確認しています。山村の草木風景を感性の根としながら、わたしはその里山風景と住まいのある都市風景とを往還しつつ、その往還の中で自身の生を考えてきたようです。父母が生きていた頃は、生家の景色や過ぎ去った人たちの話を、亡くなって後は里山の草木や土や風の匂いを、リュックに背負って帰って来たのです。帰る道すがら、背中のリュックが、さながらあの昔話のおじいさんが土産に貰った「小さい葛籠」のようだと思うことがありました。このエッセイ集のタイトルを『小さい葛籠——歌・ことば・風景』とした理由もここにあります。

『小さい葛籠——歌・ことば・風景』を出版するにあたり、本阿弥書店の「歌壇」編集長、奥田洋子氏にまことにお世話になりました。ここにあらためて深く感謝申し上げます。

また、美しい装幀をしてくださった小川邦恵氏にも心よりお礼申し上げます。

二〇二三年　立春

日高堯子

初出一覧

Ⅰ

馬場あき子

再読・馬場あき子――〈道行〉を起点として　「短歌往来」2011・3

白を歌う――豆腐としら飯と足袋と

『馬場あき子新百歌』（2018・5）の一篇を加筆

歌の森へ・日常から国家まで――『記憶の森の時間』を読む

「かりん」2015・9

『あさげゆふげ』の時空――夢幻くずし　「かりん」2019・5

古典評論の位置――『馬場あき子全集　第七巻』解説　「三一書房」1997・10

Ⅱ

前　登志夫

転生する風景――樹の歌をめぐって　「かりん」2017・1

百合と地図　「百合峠の謎」（「ヤママユ」2014・2）を改稿
山上の夢、無時間のわれ――『流轉』を読む　「ヤママユ」2003・8
喩の変貌――呪から惚けへ　「短歌往来」2005・7
不在の人　「ヤママユ」2006・4
テロと落人――『落人の家』を読む　「ヤママユ」2008・2
花の下にて春死なむ――前登志夫を悼む　「東京新聞」2008年4月10日
声と眠り――『大空の干瀬』を読む　「ヤママユ」2009・9
銀河と山人　「歌壇」2021・1
山人の死――『野生の聲』を読む　未発表

Ⅲ

歌の葛籠
斎藤茂吉の冬――雪と時雨をめぐって　「短歌」2006・11
瘋癲と邪宗・『赤光』と『桐の花』より　「短歌現代」2007・6
若山牧水――海の声のみなもとを訪ねて　「宮崎日日新聞」2009年1月29日、30日、2月2日
心が風景となるまで――片山廣子と若山喜志子　「かりん」2015・12

水のある風景　「歌壇」２０１１・１
木洩れ日の記憶　「中日新聞」２０１１年６月22日
生死を思う夏　「朝日新聞」２０１５年８月16日
蛇の死から　「鱧と水仙」２０００・２
山百合の記憶　「鱧と水仙」２０１８・８
老の歌のつよさ、自在さ、ユーモア　「短歌」２００７・２
うつしみの手——上田三四二　「鱧と水仙」２００８・２
馬のうた、いろいろ　「歌壇」２０１４・４
それぞれの来歴——二〇二一年の歌壇　「角川短歌年鑑　令和４年版」２０２１・12

著者略歴

日高　堯子（ひたか・たかこ）

1945年、千葉県いすみ市生まれ。早稲田大学卒業。

1979年、短歌結社「歌林の会」入会、馬場あき子に師事。

現在、歌誌「かりん」選者。現代歌人協会会員。日本歌人クラブ会員。日本文藝家協会会員。歌集に『樹雨』（日本歌人クラブ賞、河野愛子賞受賞）、『睡蓮記』（若山牧水賞受賞）、『空目の秋』、『水衣集』（小野市詩歌文学賞受賞）など、現在十歌集。エッセイ集に『山上のコスモロジー――前登志夫論』、『黒髪考、そして女歌のために』など。

小《ちい》さい葛籠《つづら》　歌《うた》・ことば・風景《ふうけい》

二〇二三年三月十三日　初版発行

著　者　日高　堯子
〒二七二―〇八三六
千葉県市川市北国分一―三四―一二

発行者　奥田　洋子

発行所　本阿弥《ほんあみ》書店
東京都千代田区神田猿楽町二―一―八
三恵ビル　〒一〇一―〇〇六四
電話　〇三（三二九四）七〇六八

印刷製本　日本ハイコム株式会社

定　価　三三〇〇円(本体三〇〇〇円)⑩

ISBN978-4-7768-1629-4 C0092（3345）